ハヤカワ文庫JA
〈JA1212〉

世界の涯ての夏

つかいまこと

早川書房
7674

世界の涯ての夏

1

夏という季節にはいつも、どこかおかしなところがある。
遠くで終わりが始まっていたあの夏は、特にそうだった。
だからぼくは、いつもあの夏を思い出す。

あの夏、ぼくは子供だった。
半ズボンとビーチサンダルと、汗ばんだり乾いたりするTシャツだった。
海パンと水中めがねと、虫とか魚とかだった。

ぼくは思い出す。

それは、夏が本当の夏になる前の雨の時期が、ようやく終わりそうな曇りの月曜日だった。朝の会の前で、先生はまだ来る気配がなくて、教室は暑くて、騒がしかった。かろうじて風といえる程度の風が、開け放った窓を通り抜けて、カーテンを揺らしていた。

島にひとつだけある小学校の、ぼくのいる教室からは、なだらかな丘の斜面と、その下に固まっている家々とが見えた。坂と階段と石垣とが、こぢんまりした家と家の間をぬって、海に向かって下っていた。

遠くなるに従って色の変わる海の、水平線の近くに、うっすらと本土が横たわっていた。〈涯て〉は、島のどこからも見えなかった。

〈涯て〉は、本土のもっと向こうにあった。ぼくたちは幼い頃に島にやってきて、〈涯て〉を目にしたことがなかった。

それは災害のようなものだと、ぼくたちは聞いていた。恐ろしい災害で、世界の〈終わり〉なのだという人もいた。あまりに巨大な〈涯て〉のせいで、環境にもとてつもない影響が出ていた。それで、周辺では、戦争が起きているのだった。

ぼくたちは、〈涯て〉や戦争のことを、はっきりと知らされていなかった。ぼくたちは戦争で両親をなくした子供たちだった。親をなくして、この島の親戚に預けられている。そう聞かされていた。それで、戦争のことを見たり聞いたりするのは、心の成長によくないとかなんとか言われていた。島には、少なくともぼくたちの目の届く範囲では、そういうことを伝えるニュースも、ほとんど入ってこなかった。それが普通だと思っていたし、とくに不自由もなかった。

思い出したように、セミが鳴き出していた。
ぼくの、小学生で最後の夏も、これまでの夏と同じように始まっていた。

ぼくはその前の週に、ちょうど定期検査の番が回ってきて、学校を休んだところだった。ぼくたちは時々、検査とかカウンセリングとかで島の反対側にある病院に連れて行かれた。それも、戦争で傷ついた心がどうこういうやつだった。
いつもそうだけれど、休んだ後の教室は、少しよそよそしい。ぼくは、ぼくが休んでいた間のことを話している教室の声に耳を傾けていた。自分から聞きに行ったりするのは、なんとなく気がひけた。すでに盛り上がりの済んだことを、遅れて知らされるのは面白くなかった。

実のところ、何よりも聞きたいのは、ぼくの二つ後ろの席に座っている、見知らぬ女の子のことだった。転入生なのはまちがいなかった。先週まで、その席には誰もいなかった。

ぼくたちの学校に、途中から転入してくる子供というのは、正直あまりいない。ぼくも、知識としては知っていたけれど、実際に見たのはそれが初めてだった。せめて男子だったら、ぼくも、何気ないふうに話しかけに行ったかもしれない。それが女子だったので、ぼくは完全にきっかけを見失っていた。

さりげなく観察したところ、女の子はクラスに馴染んでいるとも、そうでないとも言えない感じだった。皆が思い思いにかたまって話している輪には入っていなかった。騒がしい教室でひとり、まっすぐ前を向いて座って、時々、隣の子に何か言われて振り向く。そんな感じだった。クラスとその子の両方に、まだ遠慮があるみたいだなとぼくは思った。

「タッチンは何をきょろきょろしてるの？」

急に声をかけられてぼくは驚く。前の席のカーくんが、ぐるんとこっちを振り返っていた。別に、とぼくは何でもないふうに言う。

ふーんとカーくんも何事もないように答えたけれど、その目はぼくを通り越して、後ろの後ろの席に向けられているようだった。

見透かされた気になって、ぼくはとりあえず当たりさわりないことを言う。

「そういえば、カーくんは次の検査いつ？　夏休みの最中にもあるってほんとかな」

カーくんは坊主頭で陽にやけた、いかにも夏の子供みたいな顔をぼくに向けて、あーとか、うんとか言う。検査はわりとしょっちゅうあったので、ぼくたちはあまりそのことを話題にしなかった。小学校を卒業すると、もっと本格的な検査があるといううわさもあって、ぼくたちはその手の話にうんざりしていた。

そうやって気のない会話をしているうちに、教室に先生が入ってきていた。黒板の前を横切って、教卓について、ばん。表紙が厚紙の出席簿を、勢いよく置いた。その音で、教室の皆の注意が先生に向いた。

当時どこの学校でも、ボール紙の出席簿や、木の教卓が使われていることは、ほとんどないという話だった。黒板も同じで、全て電子化されて、ネットワークに繋がっているのが普通らしかった。生徒用の、木の板と鉄パイプでできた机や椅子も、本土ではこっとう品だった。そういうのはぜんぶ、個人端末というのになっていて、やっぱりネットワークされているのだとか。何年か前、本土から来たサクラ先生に、ぼくたちはそう聞いていた。

ぼくたちの島には、ネットワークするための信号が来ていなかった。

「携帯端末が使えないの、ほんと信じられないんですけど」

島に来たばかりのころ、サクラ先生はしょっちゅう愚痴っていた。ネットワークが使えるとどれだけ便利なのかという話もよくした。

「でもまあ、疎開なので、がまんしてね」

がまんも何も、島にネットワークがないのは当たり前だった。ぼくたちはそれで不便だと感じたことはなかった。いろいろなものが、疎開だからということで特別だった。ニュースがないのも、定期的な検査があるのもそうだった。ぼくたちはソカイ組と呼ばれていた。

それから時々、ぼくたちは祈素非接種群とも呼ばれた。本土では誰もが普通に持っている何かが、自分たちには欠けているのだということに、ぼくたちは気づいていた。そして、その欠陥のせいで、島に隔離されているんじゃないかと感じていた。

他にも、小学校の高学年になるころには、ぼくたちは色々なことを知っていた。島ぜんたいが離干渉地区と呼ばれることや、親戚の人たちが本当の親戚ではないこともわかっていた。たまに、ぼくたちがヒケンシャと呼ばれていることや、そう呼んでいることを大人たちが隠そうとしていることも知っていた。

けれども、ほとんどの場合、そんなことはどうでもよかった。ぼくたちの生活は概ね不自由なく満ち足りていた。親代わりの親戚の人たちは、血のつながりのないぼくたちを、ちゃんと育ててくれていた。

同じような身の上のぼくたちは仲が良く、学校はいつも楽しかった。

オンライン化されてない机も、ボール紙の出席簿も、大した問題だとは思えなかった。

朝の会が終わって、一時間目が始まっていた。サクラ先生は、ていねいにぼくたちの勉強を見てくれた。ネットにつながればもっと教えやすいのに、と文句を言うことはあったけれど、間違いを教えられたことはなかったと思う。

ぼくたちソカイ組の置かれた状況からすれば、サクラ先生も、普通の小学校の先生ではなかったのかもしれない。検査のときに会う、白衣を着た大人たちと同じように、ぼくたちをヒケンシャだと思っていたのかもしれない。本当のところはわからないけれども、先生がそんなそぶりを見せたことはなかった。

先生が黒板に問題を書いて、ぼくの列を指名した。先週の復習だという。ぼくの列から不満の声があがったが、ぼくは平気だった。先週、検査でいなかったことは先生も知っていて、ぼくを飛ばしてくれる。検査に行ってよいことがあるとすれば、このぐらいだった。

列の前から順番に名前を呼ばれて、答えてゆく。カーくんが間違えて、ぼくを飛ばして、後ろの子が答える。そして、その次が。

「じゃ、次をサカイミウさん」
先生に呼ばれて、転入生の女の子がはいと返事をする。ぼくは振り返って、いま名前を知った女の子を見る。授業なので、おおっぴらに見ても何の問題もない。

かたん、と小さく椅子を鳴らしてミウが立ち上がった。島の子供の基準からすると、ちょっとしたよそ行きみたいな、薄い水色のワンピース。その裾を、軽く整えるみたいに両手ではらう。背の高さは、たぶん、ぼくより少し低いぐらい。ほっそりして見えるけれど、ワンピースからのぞく手や足は頼りない感じじゃなくて、全体的には、何か足の速い草食動物の子供みたいだなとぼくは思う。

たまご型のりんかくの中の、少しつり気味の黒目の大きな目。その目がまっすぐに、黒板に向けられていた。唇をかむようにして結んでいた口を、練習するみたいに小さく開いて、閉じた。息を吸って、ちょっと止めた後、はっきりとした声で答えを言った。

「はい正解。じゃ次」
先生が言って、ミウはちょっとほっとしたような顔になる。椅子を引いて、席に着く。

座って前に向き直るときに、ふと、ぼくと目が合う。じっと見ていたことがばれそうで慌てたけれど、急に目をそらすのも不自然だった。それでぼくは、何の気なしにぺこりとおじぎをした。はじめましてのあいさつのつもりだった。

何が面白かったのか、ミウは小さく笑った。それからぼくの真似をするみたいに、ちょっと曖昧に首をかしげて見せた。

たったそれだけのことなのに、ぼくはミウから目が離せなくなった。気がつくと、列の最後の人が答えを言って座ったところだった。ぼくはいかにも皆の答えに満足したとでもいうように、うんうんとうなずきながら前に向き直った。

授業を受けながら、ずっとミウのことを考えていた。たまご型のりんかくとか、肩までの髪とか、ぼくを見て笑ったときの、いたずらっぽい感じとか。うまく言えないけれど、ミウはぼくがそれまで知っていた女子たちとは、違った種類の女子だと感じていた。ぼくの年頃の男子がだいたいそうだったように、ぼくにも女子を表すための言葉があまりなかった。かわいいか、そうでないか。そのぐらいでしか、女子を分類できていなかった。ミウのことを言うには、その分類では足りないような気がした。ぜんぜん足りないような気がした。

どちらかで言えば、ミウは問題なくかわいい女の子だった。ただ、かわいい、というと、自分より弱いものに向けた感じがあった。ミウにも、そういう守ってあげたくなるようなところはある。けれども、ぼくがミウから受けていたのは、何かもう少し違うものだった。

「母性？」

誰かが言った。

「そうかもしれない」

そう答えていた。

「早くに親を亡くして、島に連れてこられて、私には母親の記憶があまりないんだ」

私に限らず、ソカイ組は皆そうだった。親戚は我々を過不足なく養育してくれていたが、やはりどこかで一線を引いている印象はあった。

「我々は被験者で、彼らが私たちの面倒を見るのは職務だったからね」

2

記憶が跳んだ。

タキタは狭いブースの中で目を覚ます。目が覚めるといっても、眠っていたわけではない。ただ、現実へ戻ってくるという意味では、体感的にも睡眠からの覚醒に似ていた。起き抜けの気分の悪さまで同じで、毎度のことながらタキタはげんなりする。

タキタの覚醒を感知して、中継器がカットされる。オンエアを示す赤いランプが消え、ブースを満たしていた低い作動音が遠ざかる。予定外終了(NG)だ。

頭が重かった。衝動的にヘッドセットを引きむしりそうになる手を、タキタは慌てて止める。そうやって少し動いただけで、体のあちこちに取り付けられたケーブル類が引き攣(つ)れる。タキタはブースの暗がりで、自分の体を見渡す。胴や手足に巻かれ、貼り付けられた計測機器は、見たところ無事のようだった。以前に何度か外れたことがあったが、そのたび、再セッティングに手間取るのだ。これ以上世話を増やしたくはなかった。

それにしても体が重い。タキタは口の中でうめく。長い時間同じ姿勢でいて、節々がこわばっている。ほぐそうにも、装置が気になって身動きがとれない。肌にシールで貼られたセンサーの下が痒くて仕方がない。とりあえず落ち着こうと、口元の給水チューブを探ってくわえる。吸い込んだ一口が気管に入ってむせる。

「タキタさん、どうしましたか？」

咳き込んでいるタキタに、ヘッドセットを通じて声がかかる。ブースの機器を調整する、担当の若い技師だった。

咳の合間に、問題ない、とタキタは応える。直後にまた激しく咳の発作に襲われ、我ながら全く問題がないようには聞こえない。

くそ。うめいて、どうにかタキタは呼吸を整える。

「大丈夫。記憶が少し跳んだだけだ」

やっとそう言う。

記憶が跳んだだけではなく、思い出すのを止めてしまったのがよくなかった。子供の頃を思い出していて、急に最近の、別の場所での会話になってしまった。そのまま続けていれば問題なかったが、集中が切れた。体が重いとか、痒いとか、そっちに意識が行ってしまった。

「休憩いれましょうか、タキタさん？」

技師がそうたずねる。ブースの外でモニタしている技師には、タキタが中継に復帰するのに時間がかかると見えたのかもしれない。

休憩すると、受け持ちの配信ノルマをこなせなくなるのは確実だった。若い頃に比べると、格段に少ない仕事を、それでも満足にできない。そんな状況で労られ、気遣われるのは我慢できなかった。

「問題ないと言っているだろう、続けてくれ」

注意していたつもりだったが、その声は機嫌の悪い老人の声そのものだった。とげとげしくて、しわがれていた。誰よりも、自分自身をやるせなくさせる声だった。

タキタの中から、否応なしに老いがこぼれ出てきていた。自分の体が古い紙の束でできているように思うこともあった。乾いてがさがさになった紙になった気分を味わうのは、あまり楽しい経験とは言えない。階段の上り下りだけでなく、普通に立ったり座ったりでそう感じることもあって、タキタは愕然とした。

タキタは、ブース正面の、今は点灯していない小さなモニタに目をやる。暗い画面に、老人の顔が映っている。その表情があまりにうつろなのに耐えかねて、すぐに目をそらしてしまう。

生きることとは、少しずつ何かをなくすことだ。タキタはそう思う。人間は、生き始めて最初の頃は、何を見ても、そこに何かを見つける。新しい何かを。生きる最後のほうになると、もう新しいものは見つからない。何を見ても、そこから何かが失われていることに気がつく。昨日はあったものが、今日はなくなっている。

「タキタさん？」

ヘッドセットから声がした。先ほどまでの技師ではなく、女の声だった。ディレクタだな、とタキタは思う。中継者のコンディションが悪かったり、機嫌を損ねたりした時に、どうにか解決策を探るのもディレクタの役目だった。

「二分前に配信をいったん止めましたけど、中断前のパラメータは全て良好ですね。タキタさんさえよろしければ、いつでも再開できます」

口調は柔らかだったが、過剰に気遣う響きはなかった。共に作業にあたるチームの一員として、自分の能力が求められていると感じさせる言葉だった。タキタは落ち着きを取り戻す。

「ああ、すまなかった。ちょっと記憶がスベった」

さっきの老人丸出しの声よりは、多少でもマシに聞こえればいいがと思いながら、タキタは答える。

「もう大丈夫だ、想起に戻る」

「お願いします」

心なしかほっとしたような声が、ヘッドセットから返る。

「記憶が跳んだだけで、混染(コンタミ)はありませんよね？」

念のためにきいた、という感じだった。タキタは早くも記憶の海に潜り始めていたので、あまり考えずに、ない、と答えていた。混染が実際のところどういうものを指すのだったか、考えるのが億劫になっていた。

想起する。思い出す。記憶をたぐる。

ブースに押し込められて、決まった時間、そうやって思い出を想起するのがタキタの役割だった。中継者、そんなふうに呼ばれてはいるが、何か特段の能力に優れているわけではない。単純に、相性の問題だった。

ずっと昔に、研究者たちがタキタの頭の中に散りばめた装置を、タキタの体質は安定して保持させていた。それだけで五十年以上、タキタは中継者を続けてきていた。

ただ、思い出す。何かを思い出す。

長い時間、その状態を維持するのに少しばかりコツがあったが、基本は何も難しいことではなかった。大勢の人間がいつも、今も、やっているのと同じことだ。

過去を思い返している状態の脳から、ある種の波形を取り出して配信する。それがここで行われていることだった。

思い出す内容は何でもいいと言われていた。昨日の夕飯の献立でも、去年の流行歌でも、学生時代に読んだ本でも。無理に思い出そうとするより、自然と思い浮かぶもののほうが、よい波形が採れると聞いていた。

中継者によって、安定して波形を出力できる想起内容は違っていた。タキタは、近頃はずっとブースの中で子供時代に戻っていた。そのほかのことはほとんど、思い出さなかった。結局のところ、子供のころの記憶がいちばん安定しているのだった。

くたびれた老人になって、子供時代の思い出にひたっている。凡庸で、ありきたりだった。もしかすると、醜悪であるかもしれなかった。けれども、タキタは思う。それで何がいけない？

想起を深めるにつれ、まどろみに似た状態がタキタに訪れた。ブースの機器類がかちかち、ぷつぷつと起動を始め、やがてうねるような低音になった。それは潮騒のようだった。どこか遠くで水の立てる音のようだった。

3

世界の〈終わり〉が始まったのは、もうずいぶん昔のことだ。

つまり、〈涯て〉が世界に現れたのは、ということだ。

始まった当初のひどい混乱を思えば、世界は充分に長く、上手にそれと付き合っていた。

外見的には、球だった。はじめ、ほとんど無に等しいサイズだったそれが、時に急激に、時にゆっくりと、大きくなった。今は、半径三百キロメートルほどになった球体が、半分を地表の上に、残りを地面の下にしていすわっていた。いくつかの国にまたがって、世界は土地と海とを浸食されていた。

どうして〈涯て〉が出現したのか、今はもうわからない。なにしろ唐突だったし、始まった辺りはすぐに〈涯て〉に飲まれてしまった。〈涯て〉に飲み込まれたものを、世界は取り戻すことができない。それは喪失だった。死だった。終わりだった。

〈涯て〉には、たくさんの生き物も飲み込まれた。それよりもずっと多い生き物が、〈涯て〉が始まった直後の混乱のうちに失われた。そして、〈涯て〉のせいで変わってしまった環境が、その後もじわじわと生き物を殺し続けていた。世界は、滅び始めていた。

それでも、世界がそれまでに想像していた終わり方に比べると、〈涯て〉は穏やかな部類と言ってよかった。世界がそうなる可能性のあった終わり方の中には、もっと壊滅的で、もっと暴力的で、もっと急激なものがいくらもあった。世界はたびたびそういった滅亡の危機を、どうにかくぐり抜けていた。世界は愚かさ故に滅ぶと、そうも言われていた。けれども、ひとまずのところ、そうはなっていなかった。

〈涯て〉は、世界が初めて遭遇する現象だった。世界の知らないものだった。世界の属する宇宙には、それまで〈涯て〉に似たものはひとつもなかった。

世界が存在する宇宙について、世界は多くのことを学んでいた。調べて、知識を蓄えて、計算して、想像して、予測していた。世界は、宇宙でおきる出来事について、よく知っていると思っていた。

けれども、〈涯て〉が現れたとき、世界は、実のところ宇宙について何もわかっていなかったのかもしれないと思い知らされた。

〈涯て〉は、この宇宙とは違う宇宙だった。世界はそう考えた。

たくさんの別々の宇宙がある、という考えを、世界は知っていた。〈涯て〉は、そんな別の宇宙のひとつと考えることができた。世界は宇宙について、いつも考えていた。宇宙は計り知れないほど大きかったので、考えることはいくらでもあった。

世界は、宇宙について考えるのと同じように、時間についても考えていた。過去から未来へと、一方通行で進む時間は、世界にとってなじみのある考え方だった。世界のほとんど全ては、そういう時間を基準に形作られていた。

世界が何かを考えるときの考え方も、時間と切り離すことはできなかった。先に考えたことを元に、次のことを考える。時間の前のほうに始まりがあって、後のほうに終わりがある。それが世界にとっての時間のあり方だった。

ところが、〈涯て〉の時間は違っていた。そこには、始まりも終わりもないようだった。世界には、〈涯て〉と世界との境界にある時間が、そんなふうに見えた。

世界がそれを知るきっかけになったのは、偶然だった。

まだ世界が〈涯て〉にどう相対すべきか、その決まりができていなかった頃だ。〈涯て〉を観察するために、その辺りを飛んでいた機械のひとつが、〈涯て〉に接触して、爆発した。

エネルギーが瞬時に解放されて、超高温の火球と衝撃に変わった。爆発したのは、世界が考え出した中で最も強力なエネルギーのひとつだった。何もかもを効率よく破壊するために、わざわざ作られたもの。〈涯て〉を観察する機械が、持っている必要のないものだった。だからたぶん、それは偶然だった。

とてつもない爆発は、〈涯て〉を揺るがせた。他の全てと同じように、〈涯て〉は爆発のエネルギーも処理して取り込んでいた。水面に投げ入れた小石の作る波紋のように、衝撃波は〈涯て〉の表面に広がった。

ただ、波紋と違って、波は中心から外に向かって、円を描いては現れなかった。ばらばらと、境界のあちこちが不規則に波打った。中心からの位置も、そしてその時間も、少しも順番通りではなかった。

世界には了解しづらいことだったが、波は、爆発が起きる前から、〈涯て〉の表面に現れていた。爆発の引き起こした特徴的なゆらぎは、〈涯て〉の観測を始めた最初のときからずっと、記録されていた。原因の前に結果がある。それは、世界が知らなかった時間のあり方だった。

始まりも終わりもない時間。それが〈涯て〉の正体なのかもしれなかった。それを時間と呼んでいいのかどうか、世界には確信がなかった。

ひとまず世界は、〈涯て〉を、異時間による浸食現象だと考えることにした。

完全には正体のわからないものに対して、仮の説明を与えておくというのは、世界の基本的な態度だった。それが何なのかつきとめるより、何が起きているのか調べるほうが楽だというのもある。何より、〈涯て〉については、正体を知るよりも、どうすれば浸食を止められるか考えるほうが、ずっと重要だった。

〈涯て〉は世界を、正確にはこちらの宇宙を、浸食していた。生物が食物を化学的に処理して取り込むのと同じように、〈涯て〉もその表面でこちらの宇宙を食べていた。処理して変換したものを取り込んで、〈涯て〉は大きくなった。この処理に干渉すれば、〈涯て〉の拡大を止めることができるかもしれない。世界は〈涯て〉を調べて、その方法を探して、やがて見つけだした。

4

中継者の入ったブースが、低く作動音を立てはじめた。ブースはクリーム色のまるいカプセルで、バスタブとか棺桶とかいう人もいたが、アサクラには猫のように思えた。部屋の真ん中でまるくなって寝てる猫。作動音がごろごろ言うのも猫っぽい。

まあ、そんな可愛らしいことと言って似合う年齢でもないけど。あはは。アサクラは心の中で笑う。

「タキタさん、想起波でました。深度マイナス1、マイナス2」

配信技師のシマキだった。ブースの傍で計器をのぞき込んでいる。ディレクタ席のアサクラからは、たくさんの装置に埋もれるようにしてかがみ込むシマキの背中だけが見えている。

「マイナス3っと。安定しそうです、浸透波形ミックスは？」

どうしますかディレクタ、と肩越しに振り返って確認する。

「んー」

アサクラは、尻をあずけるようにしてもたれていたコンソールに目をやる。表示されたグラフを見ながら唇に指をあてて、考える。今日の中継者、タキタさんは相当の熟練だった。ベテランと言えば聞こえはいいが、要は旧い機材ということでもある。

アサクラはモニタを切り替えて、中継者の祈素ステータスを呼び出す。画面に、人の脳を模した立体図と、それを取り巻くように散らばった光点が映し出された。

ごく小さな祈素はたくさん集まって、中継者の頭の中に回路を形作っている。アサクラがモニタを操作すると、画面の光点同士をつなぐように線が描画されて、ネットワークの様子を示した。何かを思い出そうとするときに、人がよく使う脳の部分を覆うように、つながりあって絡まったクモの巣。

正確には、ナノコンステレーションというらしい。研修中にそう教わった。簡単に言うと小さな電極の集まりで、脳を流れる電気信号を拾っている。アサクラは、モニタ上のクモの巣が少しずつ色を変えるのを見守る。祈素を通じて与えられた刺激が、脳の他の場所にどう伝わっていくのかが、色になって表示されていた。今、ブースの中のタキタさんは、何かを思い出している。それが何かはわからないけれど、ともかく祈素は正常に動作しているようだった。

「アサクラさん？」

長く考えすぎていた。シマキに声をかけられて、アサクラはぼうっと見つめていたモニタから目を上げる。

「あ、うん。安定してるみたいだし、配信再開しちゃいましょう」

ほいと応えて、シマキがブースの機器を操作しにかかる。

「中継者祈素座標あわせます」

ブース側の送受信端末が、祈素の位置に合わせて微調整される。ネットワークの交点が、次々に接続済みを示す表示に変わるのを、アサクラはモニタで確認する。今時、自動でこの作業ができないのは、タキタさんの配信用祈素が、プロトタイプほど旧い世代のものだったからだ。裏返せば、アサクラやシマキがこうやって仕事にありついていられるのは、そのおかげともいえた。

「浸透波形ミックス、強度上げます」

手慣れた様子で作業を進めるシマキに、アサクラは念のためにという調子で声をかける。

「まあ、いつものことだけど、ゆっくりね」

うなずきながら、シマキが操作盤の上に指を滑らせる。〈涯て〉表面の揺らぎを変換した波形が、少しずつタキタさんの脳に流れ込む。数値が規程の強度を示しても、中継者の脳の活動に乱れはなかった。アサクラは小さく息をつく。昔はこのタイミングで祈素が暴走することが多かったらしい。

祈素は、脳に貼りついて脳の一部のふりをする。微細な高分子の索を伸ばして、シナプスであるかのようにふるまう。生体である脳に、融合する。体に異物だと思われないように、祈素はとても生体らしく作られていた。

祈素が暴走するというのは、正常な細胞が癌になるようなものだった。暴走した祈素は脳の表面で腫瘍のように膨らみ、時には頭骨に融合して、体表にまで索を伸ばす。当然、中継者の脳は損傷を受けるし、場合によっては重い障害が出たり、死亡することがあった。今の祈素が暴走する危険性は相当に軽減されていたけれど、タキタさんの世代にとっては、珍しいことではなかった。

「波形処理状況、良好です」

シマキが声に出して確認するのに、アサクラはうなずいて返す。タキタさんの脳で、

〈涯て〉からの信号が、記憶の想起、という形で処理されていた。動きのある場面を捉えた映像の、時系列をばらばらにしたものを、順番通りに並び替える。そんな感じの処理だと、アサクラは理解していた。

人は記憶の中に、そうなったらこうなるはず、というサンプルをたくさん持っている。一方で、〈涯て〉の表面に現れる揺らぎには、時間の順序がない。人の脳で、記憶の処理で、〈涯て〉の波形を並べ替えること。そして、並べ替えて抜けた部分を推測すること。それがここで行われていることだった。

「オンエア、いけますよ」

ブースでの作業を終えたシマキが、そう声をかけてきた。モニタのチェックリストの最終行で、配信開始のボタンが点灯するのを、アサクラは確認する。いつもどおりにボタンをタップしようと伸ばしかけた指が、ふと止まる。

「？」

その様子を見て、怪訝な顔を向けてきたシマキに言う。

「ここでボタンを押さなかったら……」

黙っているシマキに構わず、アサクラは続ける。

「世界が滅びちゃう？」

シマキが苦笑いして首を振る。

「滅びませんよ」

そう簡単にはね、と続けて解説口調になる。

「この局のエリア人口だと十万ちょっとでしょ。世界全体からしたら微々たるものです。数時間止めたぐらいで滅びたりしません」

まあそうだよね。アサクラも笑う。それから、ボタンの手前で止めていた手を大きく振りかぶる。

「でも、ほんのわずかでも、世界を救うお仕事してるっていうのは確かでしょ」

ボタンをタップする。ブースとコンソールでインジケータが明滅して、やがてオンエアの赤いランプが点灯した。中断五分。無事再開。アサクラはほうと息をついて、席に腰を下ろす。

「配信完了。これで世界は安心だよ」

椅子をきいと回しながらアサクラが言うと、シマキが笑う。

ここで行われているのは、〈涯て〉の浸食速度を遅らせるために、世界中で進められている処理の一部だった。〈涯て〉を計測したデータを、世界中にあるここのような中継局が、手分けして、それぞれの地域に住む人々に放送していた。その昔、テレビ局とからラジオ局と呼ばれる設備がやっていたことに似ているとアサクラは思っている。

　中継局から送られた信号を、人はそれぞれの脳で受信する。中継者のものより用途が限定的だけれど、世界のほとんどの人が脳に祈素を持っていた。今こうしている間にも、大勢の人が、〈涯て〉からの信号を受け取って、処理している。そうやって、脳の処理を少しずつ分け合うことで、〈涯て〉の膨張を食い止めていた。世界を終わらせる異時間の浸透に、抗っていた。

　脳が〈涯て〉からの信号を処理するとき、人はそれを自覚できなかった。普通に、日々を暮らしながら、頭の片隅で世界を救っている。アサクラ自身、配信に携わっていながら不思議だったけれど、そういうことだった。滅びかけの世界を救う日々は、静かに過ぎていった。

　ただ、少しだけとはいえ、脳の処理を常に取られているのは、人々の思考に影響を与えている、という研究もあった。脳の一部がずっと何かを思い出している。それは、自分でもわからない悩み事に似ている、と言われていた。人類はだから、〈涯て〉以前より悩み深くなっている、というのだ。

　当たり前だろうな、とアサクラは思う。世界の終わりが目に見えて存在しているのに、悩まないほうがどうかしている。反対に、そのことだけを悩み続けても仕方がない。悩もうが悩むまいが、〈涯て〉はそこにある。頭の片隅でそのことを思うぐらいで丁度いいのかもしれない。

配信は滞りなく順調だった。ブースの傍らで、シマキが大きく伸びをするのが見えた。トラブルがなければ、この仕事はけっこう暇だ。

頭の片隅にずっと何かがある。それは悩みでもあるけれど、祈りにも似ている。だから人は、自分の頭の中にある小さな機械を、祈りの素などと呼ぶのだ。

人類は祈っている。それも当たり前だなとアサクラは思う。世界の終わりを食い止めるのに、祈り以上に適当なものはなさそうだった。

5

〈涯て〉は世界を処理していた。

処理することなしに、〈涯て〉は世界の小石ひとつ、空気中の分子ひとつ取り込むことができなかった。反対に、処理できたものは何であれ取り込んだ。〈涯て〉は見境なかった。

処理は、二つの宇宙の間で違っている時間を翻訳することだった。世界にとってなじみのある一方向に流れる時間は、〈涯て〉にとっては扱えない概念だった。散乱して満遍なくあるように見える〈涯て〉の時間は、世界には了解しづらい概念だった。二つの異質な時間が接しているのが、〈涯て〉と世界との境界だった。

〈涯て〉は、世界を取り込むときに揺らいでいた。それは、流れる時間を、遍在する時間に置き換える運動だった。〈涯て〉が世界をかみ砕く動きだった。

世界はその動きを説明してみる。

この宇宙に属するすべてには、流れる時間の要素がくっついている。世界はまず、そう考えた。たとえば、まったく動かない点がひとつあったとして、それに時間の要素をつけてみる。点は、存在し始めてから消えてなくなるまでの間、時間にそってまっすぐ伸びた線になる。もちろんこれは、たとえ話だ。

よくわからない複雑なものごとを、別の切り口で考えてみる。これも、世界の基本的な態度のひとつだった。そうやって簡単にたとえると、〈涯て〉のしていることは、長い線を、座標と計算式、確率と分布という別の方法で表現することに似ていた。

世界は念を押す。もちろん、これはたとえ話だ。正確ではない。だが役に立つ。

世界は、〈涯て〉表面の揺らぎを波形として取り出した。波なのだとしたら、反対の波をぶつけると打ち消し合うはずだ。世界はそう考えた。

反対の波形を作る計算は複雑ではあったけれど、可能だった。幸いにして、世界には計算のできる装置がたくさんあった。世界は波形を算出し、〈涯て〉に食べさせた。さらに観察し、効果を計測し、また計算した。

やがて世界は、波形には見えている部分だけではなく、隠れた部分があることを突き止めた。波形は、この世界では折りたたまれていて、見えない部分にも及んでいた。世界はその部分を正確に知ることができなかった。〈涯て〉がこの宇宙とあまりにかけ離れているので、完全に正しい答えを導き出すのは不可能だった。

けれども、充分に高い精度で推測すれば、〈涯て〉の拡大を遅らせることはできる。世界はそう考えた。計算し続けている限り、世界が〈涯て〉に飲み込まれるのを遅らせ続けることができる。時間稼ぎではあったけれど、時間を稼げば、未来の世界が、もっとよい方法を思いつくかもしれなかった。

未来に解決を託して、そのときにできることをする。それも、世界の基本的な態度だった。世界はずっと、そんなふうに進んできた。〈涯て〉に対しても、そうすることにした。

たくさんの計算する装置が、〈涯て〉の隠れた部分を計算した。世界が生み出して、進歩させて、つなぎ合わせた計算装置は、とても強力だった。

けれども、完全な答えがないものを推測するには、計算装置は正確すぎた。必要なのは、ひとつの極めて正しい答えではなく、間違った答えも含めた、そのバリエーションだった。世界は推測を効率よく集めるための方法を考えて、やがて見つけ出した。

世界は、たくさんの生き物を含んでいた。生き物も、計算機と同じように、計算できた。中でもヒトは、計算する能力に優れていた。ヒトは、考える生き物だった。実際のところ、世界の考えていることのほとんどは、ヒトの考えていることだった。〈涯て〉の波形を推測する効率的なやり方は、ヒトを使って計算することだった。

個体でみると、ヒトの能力は、計算装置に劣った。ただ、時間の観念の解釈と、推測については、ヒトは強力だった。ヒトが推測するやり方には、時間の概念が組み込まれていた。〈涯て〉の隠れた波形を推測させるのに、これ以上に効率のよい計算装置はなかった。

ヒトの考える器官から、推測を取り出す。そのための装置を、世界は生み出した。

その小さな装置を、世界中のヒトに取り付けた。そうして、ヒトとヒトをつないで、さらにヒトと計算装置をつないで、〈涯て〉の波形を処理することにした。世界中のヒトから、少しずつ推測を集めて、世界は計算を続けた。

6

ぺふり。

緊張感のない音がして、画面端にウインドウがポップした。仕事中に督促のメッセージが飛んできたときに動揺しないように設定した着信音。そのために選んだ攻撃性のないラッパの音だったが、効果はなかった。作業デスクの前で、ノイの痩せた体が反射的にこわばる。ノイは動揺していた。ふるえだした手で、前髪を神経質そうにかきあげる。画面の中では編集途中の３Ｄ映像が次の処理を待って制止する。

ぺふり、ぺふ。

情けない音に緊張するよう、自分に条件付けをしてしまったとノイは思う。

ぺふり。ふるふる。

条件付けと言えば有名なあの犬は、ベルの音だった。かわいそうな犬にはベルの音がごはんに思えたのだ。

ちりん。わんわん。

ぺふり。ふるふる。

催促するように点滅するウインドウを横目に、ノイは小さく息をつく。まだ細かにふるえる指を、応答ボタンにかける。作業用の端末(ワークステーション)はノイの祈素とリンクしていたので、目線や発声で応答させることはできた。いちいち画面をタップするよう設定してあるのは、時間稼ぎだった。着信音が鳴って、覚悟を決めて、手を動かす。そういったステップをひとつひとつ踏まないと、気持ちが切り替わらなかった。

「はい」

受話ボタンをタップして返事をする。その声が思いの外かすれていて、朝から一言も発せずにいたことを思い出す。着信者名は見るまでもなかった。代理応答(アバター)ではなく、直接メッセージを許可している相手は限られていた。ウインドウに映像と音声が入る。

「ノイさん、お世話になってます」

依頼主の社名に続けて、映像のオオミがあいさつする。ノイも同じように返そうとしたが、とっさに言葉が出ない。相手はそんなノイの反応に慣れている。人なつこい笑顔を作って、軽く頭を下げる。

「お仕事中にすみません。いくつか確認がありまして」

メッセージのヘッダのような、定型の言葉。これから続けるのが業務上のやりとりですよ、ということを示す手順。

伝統的に形式を軽んずるデジタル・エンターテインメント業界の人間にしては、オオミは律儀だった。もと同僚で、何度もいっしょに仕事しているノイに対しても、毎回まじめくさって定型文を口にする。

大柄で強面のオオミがかしこまっている姿には、けれども、昔から人を惹きつけるものがあった。合成映像ではなく、実際に着ている、およそファッショナブルと言いがたいスーツ姿も、妙になじんでいる。中年にさしかかって風貌に丸みが出た分、オオミの人当たりのよさには磨きがかかってもいた。業界大手の敏腕プロデューサ。そう呼ばれるのは、半分は冗談だったが、半分はオオミの人柄によるものだった。人手のいらない仕事ばかり増える中で、人柄でできる仕事はまだ根強かった。

「ノイさん、先日の、キャラクターデータ八体分、ありがとうございます。ユーザー嗜好ごとのバンドパスも充分にとってあって、バリエーション出てますし、いい感じかと思います」

当たり障りない進捗確認。ノイが携わっているデジタル・エンターテインメントは、もっと昔にはビデオゲームと呼ばれたものの、いわば子孫だった。架空の登場人物たちが住まう架空の世界を作って、そこでの体験を娯楽としてユーザーに提供する。オンラインゲームとか、ヴァーチャルワールドの流れをくむ、仮想体験エンターテインメント。今回、ノイが依頼されたのは、そこに登場するキャラクターたちの造形と調整だった。

「それで、ですね」

オオミが口調を変えて、一呼吸おく。これからが本題だろうとノイは身構える。イエスの後のバットが本筋なのは、だいたいどんな話法（プロトコル）でも共通だった。

「登場人物（キャラクター）の一人に、女戦士がいますよね」

「あ、はい」

応えながら、ノイは該当のデータを呼び出す。画面中央の作業領域に、ファンタジックな衣装を身につけた女性キャラクターの３Ｄ映像が表示される。ノイは画像をゆっくりと回転させて、角度を変えて確認できるようにした。整った顔、均整の取れたプロポーションを持った女性の外見は限りなく生身の人間に近かったが、誰かをモデルにしたわけではなかった。ノイが映像デザイナとして、ファンタジー世界の、実際にはいない女性として造形したものだった。

「だ、ダメでしたか、これ」

誰かに似てしまったのかもしれないとノイは思う。調整しているうちに、顔かたちや仕草などが実在の俳優やタレントに似てしまう、ということはよくあった。３Ｄモデルを使った映像は、実物と見分けがつかない。意図したものでなくても、キャラクターが誰かに、それとも他人の著作物に似てしまうと訴訟リスクになった。開発元はその点に慎重だった。

とはいえ、誰にも似ない、というのは簡単ではなかった。デザイナは好きなように造形できるので、完全にオリジナルなキャラクターを作り出すことはできる。問題は、受け手がそれをどう感じるか、という点だった。人類が、同族の顔の美醜を判断するダイナミックレンジは、それほど広くはない。人間が美しいと感じる人間の顔のパターンは、今やあらゆる形で消費し尽くされつつあった。

誰かに似たのかという、ノイのひとり言のような問いかけに、オオミは首を振る。

「いえ。顔も体も、法務でエキスパートシステムに依頼してチェック済みです。権利関係は問題ありません」

言って、オオミがチェックシートを送信してきたのを、ノイは確認する。ある女優の十五歳時の顔との相似が閾値の際にあったが、これは体型その他、全身の印象で否定できる。人工知能（システム）はそう判断していた。

キャラクターのデザインに限らず、制作物が他者の権利を侵害していないかどうかチェックする仕事は、とうに人間の手に余るようになっていた。ツールが簡便になるにつれて、営利、非営利を問わずデジタルリソースは続々と作り出され、コンピュータネットワークに投下された。その多くがコモンになり、アレンジされ、増殖する一方で、一部の権利関係は偏執狂的に複雑化した。ほとんどリアルタイムで更新される権利情報と、多国間にまたがった関連法案とをつきあわせて調整できるのは、高度に専門化したＡＩだけだった。

「じゃあ、何が？」

ノイが問いかけるのに、オオミは渋い顔を作ってみせる。たいした話ではないのですが、と前置きしてから言う。

「胸がもう少し大きいほうが、プロモーションに有利じゃないかという話が上がってまして」

ああ、そっちか、とノイは思う。

権利問題と同じくらいしばしば話に上がる、おっぱい問題だった。

バストサイズで売り上げが左右される。昔から、業界でまことしやかにささやかれていた冗談だったが、今では定量化されていた。女性キャラクターのプロポーションに限らず、ユーザーの好みを計測して最適化する、というのはセオリーだった。今回のデザインも、もちろんユーザーの嗜好を織り込んである。そこの計測値がアップデートされたのであれば、デザインに反映する必要がある。

「ユーザー嗜好データにあわせて、再調整ですか？」

ノイが聞くと、オオミは言いづらそうに頭をかく。

「それが、データというか……会議の場で意見が出たというだけでして」

「ええと……」

ノイはどう答えていいかわからずに口ごもる。そもそも、キャラクターの方向性やバランスを決めたのは、ノイではなかった。あらかじめユーザーの嗜好を調べたデータがあって、その範囲でデザインをするよう依頼を受けたのだ。

ノイは表示されているキャラクターを改める。異世界ファンタジーの女戦士、というオーダーだった。デザインは全体として、異郷風のエキセントリックさと、原初的な力強さを見る者に与えるよう計算してあった。機能性とかリアリティとか、そういうものとは別の基準でデザインされた、露出度の高い鎧。筋肉質なだけでもなく、柔らかそうなだけでもない、均整の取れた体つき。手足はすらりと長く、腰はしなやかなラインを描き、バストは充分に大きい。

「データはないけれど、とにかく大きくしろってこと？」

「ええ、まあ……」

今度はオオミが口ごもる。場当たりで、ずさんな指示だった。オオミも本意ではないのだろう。ノイはため息をつく。

もとより、今回制作したモデルは、ユーザーに応じて細部を補正する機能を持っていた。それぞれのユーザーにとって最も訴求すると考えられる姿形、見え方に、自動で調節される。たとえば、ある男性ユーザーは、背の高い女性キャラクターを好まない。そういう傾向があるとわかっている場合、そのユーザーの前に現れるヒロインは、自動的に身長が低く補正される。身長や体つきに限らず、表情や仕草、口ぶり。ユーザーの好みに従って、同じキャラクターでも、少しずつ違って表示された。ノイの仕事にはそういった、嗜好に応じた変化への対応も含まれた。細部が変わることでバランスが損なわれないよう、全体を調整してあった。

ノイの指が端末の操作盤を小刻みにたたく。ふるえではなく、苛立ったときの癖だった。その指を、表示されているモデルの映像に滑らせ、ボディサイズの数値を変更する。一回り豊満になった女戦士の画像をオオミに示す。

「これが、ユーザーの嗜好帯でいうと、推奨値の上端」

通話ウインドウでオオミがうなずく。

「このぐらいを標準にして、上端ではさらに大きく？　それとも、標準をそのままにダイナミックレンジを広くする？」

胸だけ大きくすればいいのか、それにあわせて全身を豊かにするのか。顔つきはどうするのか、何歳ぐらいに見えるかは調整しなくていいのか。動作に反映させるのか、性格のパラメータとして考慮するのか。他の登場人物とのバランスはどうなのか。修正の影響が及ぶ範囲は、いくらでも広く考えられた。ユーザーの嗜好を様々に解析して得られた推奨値を、どの程度逸脱するのか。そのことでどういう効果があるのか。あてずっぽうでやるべきではなかった。おっぱいが、女性の胸の前に突き出た半球という以上のものであるのと同じで、推奨値はただの目安ではなかった。それは、多大なデジタルリソースの結集だった。

ただ、質問をしても、答えを得られないだろうことはノイにもわかっていた。オオミにしても、具体的な変更プランを受けて連絡してきた、というわけでもなさそうだった。

「本格的にやるなら、二時間ほどＡＩを使わせてもらえば、嗜好バンドパスから設定してみるけど」

ユーザーの好みにあわせた調整幅を決めるために、外部のＡＩサービスを使っていいか、という意味だった。ユーザー嗜好にせよ権利関係にせよ、自前のデータベースとシステムを持っている会社はほとんどなかった。必要に応じて、クラウド型のデータベースと、そのデータを処理する対話型のシステムをレンタルして使う。ローカルの作業環境でもある程度のことはできたが、精度という面では桁が違った。外部サービスが使えれば、ノイの作業はぐっと楽になる。

「うーん、そうですねえ……」

オオミが困ったように頭をかく。AIリソースの相場を見ておこうと、ノイは画面端にニュースウインドウを呼び出す。折れ線グラフが表示されるのを、横目で確認する。ネットワーク上にあって、世界中で稼働できるAIの総数が縦軸で、横軸は時間。折れ線は稼働率だった。需給の関係から、稼働率が低いほど安くAIが使える、ということを示していた。

グラフの稼働率五十%前後で緩やかに推移する線があって、それ以下がグレーに塗られている。〈涯て〉を食い止めるための中継、配信処理に確保された領域で、ここは一般に開放されていない。残りの領域を、世界中の企業、官公庁、研究施設や個人が随時レンタルして使用する。

想定ユーザーの嗜好解析とキャラクターデザインの修正。それに必要なユーザーデータベースの利用権限と、対話型データサイエンティストAIのレンタル。二時間程度であれば驚くほどの金額というわけではない。ノイ個人であればともかく、これで商売する会社であれば、当然のようについてまわる費用と言えた。そのことをわかっていないはずのないオオミは、けれども渋い表情で首を振る。

「本当はそうすべきなんですが、今回の場合、なんと言いますか……」

歯切れが悪い。会議の席で思いつきに出た修正案で、経費のことまで考えられていないのだろう。半年前まで同じ会社にいたノイには、その内情がなんとなく察せられた。下手をすれば、AIのレンタル費用は下請けであるノイの負担にしろと言われているのかもしれない。露骨に仕事を軽んじられて腹が立ったが、ここでオオミを責めても仕方がない。そのぐらいはわきまえていた。そのつもりだったが、ノイは不快な表情を隠すことができない。通話映像にアバターを重ねてごまかそうと思ったが、遅かった。

「すまん」

オオミが申し訳なさそうに頭を下げる。はああ。ノイは息をつく。あけすけな反応をしてしまったことで、オオミに気遣わせてしまった。仕事を世話してくれた元同僚を困らせたくはなかった。

「いや、いえ。はい、わかりました。どうにかしてみます」

そう返事をして、考える。単純に胸のサイズを変えるだけなら、大した作業ではなかった。付随して発生する調整をどこまで追い込むか。自動的に生成される、ユーザー嗜好別のバリエーションは、わずかではあるけれど、不自然になる場合があった。

自動生成される体型や動きといったものは、人体の構造から計算されていて、その点では全く問題がない。ただ、整いすぎていることがあった。自然な人の動きは、実のところそれほど整ってもいないし、計算された合理的なものばかりでもない。極端な話、目をこすろうと手を上げて鼻に指がひっかかる、というような動作は、計算では作れない。人は、生きものは、たいていの場合ノイジーでいい加減だ。

体型にしてもそうだった。完璧に過ぎるものは、意外と感動に結びつかない。そのことを、デザイナは経験として知っていた。誇張、欠如、非対称性。ちょっとしたディフォルメで、デザインに命を吹き込むことができる。ノイはそれをシズル感と呼んでいた。もとは広告だか何だかの言葉で、冷えたグラスにつく水滴とか、ステーキの焼ける音とか、そんな意味だったと思う。ちょっとした味付けで、よりおいしそうに見せるテクニック。そういった味付けの部分では、まだＡＩよりも人間の優位性があった。ノイは、細々とした手作業を進める自分を想像する。

「ユーザー嗜好バンドはとりあえずこのままで、基準のサイズを変えて、再レンダリング。一日あれば、なんとか」

「ありがとう、助かる」

すまなそうにオオミが言う。ふいに、ノイは頼りない気持ちになる。大の大人が、たかが作り物のおっぱいで気を遣い合っていて、その状況がうそ寒いものに思えた。自分はきっと、自動生成されるバリエーションに納得がいかず、ちまちまと手作業することになる。自分以外のほとんどの人が気づかないような違い。確かに、そうして手を入れたものは、品質という点で、一定の評価がないわけではない。けれども、だから何だというのだろう。統計的に、大部分のユーザーが満足するであろうものを、AIが、機械が自動的に作り出す。ノイがやっているのは、その流れに逆らって、必死で自分の地位を守ろうとしていることだった。もっと言えば、自己満足だった。

ノイは、表示したままのAIチャートに目をやる。〈涯て〉を食い止めるために使われているグレーの領域を見つめる。そこで、世界を守るための計算が行われている。文字通り、世界の存続を賭けて、災厄に対峙するための研究に、デジタルリソースが割かれている。比べものにならないほどわずかな領域ではあるけれど、その残りの一部で、ノイたちはおっぱいの計算をする。その上で、ほとんど誰も気がつかないような違いにあくせくする。そこにどういう意味があるのか、わからなくなった。ノイは自分が取るに足らないものだと感じる。ノイの仕事は、あってもなくてもよかった。ノイは、他の大多数と同じように、いてもいなくてもいい人間の一人だった。

「いや、ほんとすまん。でかくしろ、でかくしろって煩くて」

オオミが冗談めかして言って、ノイは我に返る。うんとうなずいて返す。

実際のところ、女性に強い性的嗜好を持たないノイには、それほどこだわりはない。けれども、大きいほうがいい、という意見が出ることは、ノイも理解していた。ちょうどいいものと、過剰気味なものがあったとき、後者に強く反応してしまう。そういう、超正常刺激みたいなものだと思っていた。たまごを抱いている鳥に、たまごより大きなボールを与えると、鳥はたまごを捨ててボールを温めようとする。ありえない大きさのボールでもそうする。大きいほうがいいらしい。

大きいか小さいか。それだけでいろんなものを判断できるぐらい世界が簡単だったところに、生命に組み込まれた古いプログラム。そんなレガシーなコードが今も現役で、人類の雄がおっぱいを見るときの処理に使われていた。

「世界が終わろうとしてるのに、何やってるんだって話だよな」

オオミが言ってへへと笑う。ちょうどさっき、そのことを考えていたとノイは相槌を打つ。仕事の話は終わり、雑談でもしようという空気だった。話すのがあまり得意とは言えないノイだが、相手がオオミだと気が楽だった。ふと思いついたことを口にしてみる。

「時々ふしぎなんだけど、世界の終わりっていうのはもっと大げさで、悲劇的で、皆してパニックに襲われるようなものであってもいいわけだよね」

「パニック、全くないわけでもないだろう」

「うん、まあそれでも。全体としては落ち着いてる。おっぱいの話をする余裕もある。ぼくが前に作った仮想世界の終わりは、そうじゃなかった」

ああ、とオオミが目を細める。

「あれか」

「そう、あれ」

ノイが会社を辞める前の話だ。今と同じような仮想の世界を制作しているチームで、ノイはその世界を終わらせる演出を作った。

「見せたいものがあるって言われて、テスト用のアバターでログインして」

「そう。それで、ぼくが、世界の終わるところへ案内してったんだ」

ノイはそのときのことを思い出す。ノイとオオミは二人で、それぞれのアバターを操作して、仮想世界を旅していた。

ノイ自身がチーフとしてその少なくない部分をデザインした仮想世界は、ほとんど完成した状態にあった。それは、広大な表面積を持つ球状の世界で、自分たちが実際に暮らす惑星を、ぐっとスケールダウンしたものだった。大地があり、海洋があり、大気があって、気象が、自然がシミュレートされていた。様々な地形があって、環境があって、プログラムされた生き物が、モンスターたちが、AIを組み込まれた人々が暮らしていた。事件が設定され、イベントが仕込まれ、ストーリーが用意されていた。サービスがリリースされれば、大勢のお客さんが世界に参加して、ここで得られる体験を楽しむことになる。ノイとオオミが今テストしているように、それぞれのアバターを操作して世界を旅することになるはずだった。

「まだ遠いのか？」

ノイの先を歩くオオミのアバターが、振り返りながら言った。二人は森を抜けて、広い草原に出たところだった。ノイがオオミに連絡して一緒にログインしてから、かれこれ一時間ほど、二人はこの世界を歩き続けていた。

テストなので、座標を指定して、それが起きている場所に一瞬で移動することもできた。そうしなかったのは、実際に歩いてそこへ着くほうが、演出効果が高いからだった。サービスが始まった後に、お客さんが体験するのと同じように、オオミにもそれを見てもらいたかった。

「もうちょっと」

ノイはアバターにそう言わせる。オオミのアバターはひょいと肩をすくめてから、また歩き出す。二人の前に、草原がなだらかな丘に繋がって広がっていた。

季節は、北半球中緯度の春。時刻は昼下がりに設定されていた。適度な風があって、草原をわたって、花を付けた植物を波打たせた。二人の足音に驚いて、カラフルな羽を持つ小鳥の群れが飛び立った。少し離れた藪の陰から、ウサギに似た動物が鼻面を覗かせて、ノイたちの様子をうかがっていた。その全てが、ノイのデザインだった。正確には、設定に応じて生成された動植物を、ユーザーに受けがよくなるよう調整したものだった。ノイはこの場所を、ひときわ穏やかで、安らぎにあふれたものになるよう計算して、整えていた。

ノイが現実に身につけているヘッドセットからは、鳥のさえずりと風の音が聞こえていた。風や空気の匂いを体感させるデバイスはなかったが、視覚からだけでも、風の心地よさを感じ取れそうだった。ノイは自分の仕事に満足した。青い空の下で、緑の草原は安らぎに満ちていた。

「ん？」

オオミのアバターが足を止めて振り返った。

「何か聞こえるか？」

ノイも足を止める。風の音に混じって、かすかにごうごうと滝のような音が聞こえていた。ノイはアバターをうなずかせる。

「この辺に滝なんてあったっけ？」

言いながら、オオミが地図を取り出す。アバターが差し出した掌の上の空間に、四角い半透明のウインドウが浮かび上って、地図を表示する。

「音は向こうからだけど、川もないし……この先は、町か」

宙に浮いた地図を示しながらオオミが言う。アバターは、疑問の出たこの状況を判定して、怪訝(けげん)そうな表情を作っている。

「そうだよ、行こう」

答えながら、ノイは先に立って歩き始める。丘のゆるやかな坂を登ってゆく。頂上の近く、視界が開ける手前でオオミを振り返って手招きする。まだ不審げな顔のオオミがノイを追い越して頂上に立ち、驚きの声を上げる。

「う。ええっ!?」

見晴らした先で、大地が途切れていた。地平線の端から端まで、地面をすっぱりと断ち切って、巨大な溝が穿たれていた。山が、森が、平原が、そして町が、溝の縁からゆっくりとなだれ落ちていた。

ごうごうという音は、その圧倒的な光景に比して、不自然なまでに小さかった。だからその出来事の全体は、スペクタクルは、静かに進行していた。音までもが、世界を断ち割った巨大な溝に飲み込まれているようだった。

「これか……」

かなりの間、無言で大異変を見つめた後で、オオミがノイを振り返った。ノイはアバターをうなずかせる。

「そう。世界の、終わり」

世界を旅して回って、各地で異変の情報を仕入れて、兆候を見つける。それぞれに対処法があって、それが上手くいかなかった時、世界を一回りしたところで終わりが発現する。ノイがそうストーリーを説明すると、オオミは小さく唸る。

「バッドエンドだけど、面白いでしょ？」

「うーん、まあ。確かに、インパクトはあるなあ」

オオミは言って、また丘の向こうの光景に目をこらす。アバターは状況がうまく判定できず、全くの無表情になっている。ノイも、アバターの顔を世界の終わりに向ける。

表情のない二人が見つめる先で、町が少しずつ、世界の終わりに飲み込まれている。

世界を穿った溝の縁で、大きな石造りの尖塔がゆっくりと傾いで、自重を支えられずに二つに折れた。虚空へと落ちていきながら、塔の鐘が律儀にも、澄んだ音をひとつ響かせた。


「あれ、他の人にも見てもらったけど、ウケがよかったよね」

「ああ。いい出来だった」

通話ウインドウで、オオミが当時を懐かしむような顔でうなずく。

「でも、お前、あれな」

当時の、気安い友人同士の口ぶりになってオオミが続ける。

「計画にない展開で、あんな凄い立派なもの作りやがって」

オオミの言うとおり、ノイの作った終わりは計画になかった。

「最終的に、あれをサービスに乗せられなかったのは、ちょっともったいなかったな」

オオミが言う。結局、ノイの作った世界の終わりは実現しなかった。計画にないイベントの実装はリスキーだと判断された。

プロジェクト的に、イベントをひとつ付け足す余地がないわけではなかった。うまく配置すれば、体験するお客さんがそれを楽しむはずだとノイは考えていたし、チームのメンバーからも同じような意見は出た。エンターテインメントは、〈涯て〉の始まるずっと前から、何千回、何万回と世界を終わらせていた。そこに新たに、ノイの考えた終わりがひとつ、付け加えられることに何の問題もなかった。おっぱいでも世界の終わりでも、お客さんが楽しめるものを売るのがノイたちの商売だった。けれども、少しの議論の後、計画を修正するためのマーケティング調査は見送られることに決まった。ノイの案は没になった。

「自分の企画よりあっちがいいって皆が言い出したんで、ハイヅカの奴が切れちゃったんだよな」

言ってから、オオミがあっという顔をする。ノイの動悸が速くなる。

「ハイヅカ……、さんか」

ハイヅカは、ノイのかつての上司だった。パワハラでノイを退職に追いやったその名前を口にしてしまったことに気づいて、オオミが慌てたのだった。

すまん、とオオミが苦い顔になったのを見て、ノイは気づく。今回の、女戦士の修正を言い出したのも、恐らくはハイヅカだった。ハイヅカはさしたる意味もなく、ただ自分にそれができるという理由だけで、色々なものにけちをつけることがあった。監督という立場で、クリエイターが作り出すものを否定することで、自らの権力を確認しているようでもあった。

ただ、制作する側から言えば、理由のよくわからないダメ出しには対処のしようがない。そうやってチームは、いたずらに疲弊していった。ノイもその例外ではなく、ハイヅカの下で仕事をしている期間ずっと、疲れ切っていた。

「大丈夫か？」

ノイが黙っていると、オオミが心配げに言った。

「いいよ、もう気にしてない」

嘘だった。ノイは動揺していた。

ハイヅカは、無条件に自分に従う者だけを手元に置きたがるマネージャだった。自らの価値観に頑なで、それ以外を認めなかった。新しいおもちゃを欲しがるみたいに次々に子分を集めて、権力で縛った。用の済んだ子分は切り捨てて、もう自分の子分じゃないという理由でその能力を否定した。最も人事権を与えてはいけない種類の人間がどうしてマネージャの地位にあるのか、誰もその理由を説明できなかった。組織が長続きしていると、何かの拍子に一人か二人現れる、というタイプの災厄だった。

ハイヅカの権勢欲の根っこにあるのが、自分が一番でないと気が済まないという幼児性にあることは、大半が気づいていた。マイクロマネジメントが不安の裏返しであることは明らかだった。ただ、それを公然と指摘させない程度には、ハイヅカは狡猾だった。小心で、邪悪だった。

いちばんいいのは、関わらないことだった。けれども、同じ会社で仕事をしている以上、そうもいかなかった。ノイは、ハイヅカの子分になるつもりはなかった。仕事は仕事で、割り切ってやればいい。そう考えていた。ハイヅカにはそれが気に入らなかったようで、次第に、ノイは攻撃されるようになった。

ある日、オフィスで仕事中のノイに、内線メッセージが飛んでくる。

りん。

インカムから涼やかな着信音。ノイは画面端の通話ウインドウに目線をやって「受信」を考える。祈素を通じて、脳内電位のパターンを端末が受け取る。端末は、登録内容とパターンを照合して、それがメッセージ受信開始コマンドだと判断する。ウインドウが切り替わる。ハイヅカの、張りのない顔が画面端に現れる。

「あのさ」

ハイヅカが抑揚なく切り出す。前置きがないこともあわせて、ノイにはそれが芝居じみた平板さに思える。怒りを抑えて無能な部下に注意する上司を、ハイヅカは演じている。最初の一言でそれがわかるのは、ノイの感受性が特段に優れているから、というわけではない。人間は、対面して数秒でそういう判断をしてしまうように作られている。そして、それがわかるということと、それを回避できるかどうかは別の問題だった。

「はい」

可能な限り、何の感情も込めないようにしてノイは返事をする。それでも、そのたった二文字の返答で、ノイがこの通話を歓迎していないことが伝わってしまったと感じる。どうしようもない。人対人のコミュニケーションには、言葉の外に意味がありすぎる。

ハイヅカは舌打ちをこらえたように見えた。もし、それも演技だとしたら、恐ろしく小技が効いていた。上司たる俺が感情を抑えて話してやってるのに、おまえは対話を拒むのか。それだけの内容を、一言も発せずに伝えてきた。念押しのように、まあいいけどさ。そう言ってから、ハイヅカは続ける。

「さっきもらった資料だけど、これダメでしょ。追加が多すぎ」

おかしな話だった。そもそも、追加を言い出したのはハイヅカだった。ボリュームが足りないと指摘されたので、追加案を作ったのだ。ノイは遠慮気味に、けれども確信を持って、そのことを伝えた。

「あのさ、言われたことをそのままやるんだったら、ＡＩでもできるでしょ」

言葉通りの意味で言えば、正論だった。ただ、恣意的に過ぎた。同じ論拠で、ハイヅカは、指示通りにしなかったらAI以下だと言うこともできた。いずれにせよハイヅカは、ノイのことを叩きたいように叩くのだ。

「やり直し。明日までに再提出して」

はれぼったいまぶたの下で、ハイヅカの目がしわりと細くなる。その目は侮蔑を伝えていた。通話が切られた。

ノイが退職するまでの数カ月は、ずっとそんな感じだった。ハイヅカは、ノイに価値がないことを、形を変えて何度も伝えてきた。直接そうするだけでなく、周囲に根回しをして、ノイを孤立させた。それは、丁寧と呼んでよいほどの執拗さだった。仮に、報酬を払うから同じ事を別の誰かにしろ、と言われても、ノイには真似できそうになかった。その意味でハイヅカにはパワーを扱う適性があった。ノイを追い詰めるハイヅカは、ノイの目から見ても、実にいきいきとしていた。

そんなくそみたいな職場は辞めればいい。それは正しいし、ノイも最終的にはそうした。そうせざるを得なかった。ノイはすり減っていた。ハイヅカがそう思わせようとしたとおり、自分に価値がないことをほとんど完全に信じていた。

尊厳が奪われようとしているときに、それと気がつくのは意外と難しい。他人の皮膚の下に手を差し込んで、それを剝がすようなことを平気でする。そういう人間がいるとは、直面していても中々信じられない。実際にそれは起こり得るし、自分が被害者になることもある。それがわかったときには、大事なものがあらかた剝がされて、奪い去られた後だった。

「おい」

ノイの現状認識が甘かった。それも確かにある。ノイはしかるべきタイミングで、正当に、怒りを行使すべきだった。ただそれも、思いついたときには手遅れだった。怒りに充当するための気力さえ、根こそぎにされた。怒りは、自らの生存を脅かすものに対峙するためのモードだ。生きる気力の衰えているときには、怒ることができない。静かな絶望の中でノイはそれを知った。

「おい、大丈夫か?」

うああ。

ノイは声にならない声をあげる。嫌な汗が額(ひたい)に浮いていた。通話ウインドウのオオミが、気遣わしげな目をこちらに向けている。

「ああ、うん」

前髪をかき上げながら、ノイは応える。ふるふる。また手が震えていた。何か言いたそうなオオミを制するように、手の震えをごまかすように、ノイは手を振る。

「修正、進めます。データは明日にでも」

明日は別の予定があった気もしたが、勝手に口がそう動いていた。とにかく今は、通話を打ち切りたかった。

それでは、と早口に付け足してボタンをタップする。通話終了。オオミの姿がかき消える。

「大丈夫、明日」

自分にそう言って、息を吸う。吐く。はああ。喉が渇いていることに気がつく。椅子を蹴って立ち上がる。

仕事場と兼用にしているリビングを横切って、ノイは冷蔵庫に向かう。扉を開くと、清潔感をことさらに強調した無機質な光が庫内を照らす。扉を開けると灯りがつくという、この上なく機械的な動作が、ノイを少しだけ安心させる。大丈夫、ぼくは回復している。

退職に前後して、ノイは心療科を受診していた。依然として、今も薬が処方されてはいたが、最悪の時期は脱したと考えられていた。職場を離れることができたのが、大きかった。

逃げなさい。医師はノイにそう言った。心を蝕む原因となっているものから遠ざかること。それでしか、ノイのすり減った生命力を救うことはできないと言われた。治療薬やアルコールは、ノイの脳の化学物質の割合を変えて、ダメージが減じたように感じさせることができる。けれど、それで問題がなくなることはない。精神にストレスを与えられるのは、物理的に身体を攻撃されるのと、ほとんど変わらない。殴られ続ければ、ダメージは蓄積して、いずれ取り返しがつかないことになる。場合によっては、死ぬ。殴られないところまで避難することが必要だった。

ふるふる。庫内に伸ばした震える指先が、冷えた缶の表面に触れる。誰かに見られているように感じながら、素早く缶を取り出す。自分に考える暇を与えないように、すぐにプルタブを引き開ける。一口目を喉に流し込みながら、冷蔵庫の扉を閉める。

ビールの取り出しを、冷蔵庫が感知する。収蔵や出し入れを記録している。毒気のない電子音に促されて、ノイは酒類の消費量を示している冷蔵庫の表示パネルに目をやる。そこに表示されているのが、広告やスパムメールのような、自分には関係ない情報に思える。デスクへと引き返す。

作業デスクのモニタには、おっぱいの大きな女戦士が表示されたままになっているが、今日はもう作業に戻る気になれない。ノイは、画面端でＡＩ相場を流し続けているニュースウインドウに目を向けて、言う。

「終わり、を」

ひとり言ではなかった。端末がコマンドを判断して、ニュースの画面を切り替える。暗い宇宙をバックに、緩やかに弧を描いて、青く輝く地表が画面を区切っている。高高度から見下ろした、この惑星の映像。惑星表面から突き出すように、背景となった宇宙よりもひときわ黒く、それが映し出されている。地表よりきついカーブを描いて、自ら黒く発光しているかのような、形容しがたいその輪郭。惑星に貼りついたこぶのようなそれが、今ちょうど、昼と夜の境目にあった。〈涯て〉だった。

定点カメラ、ライブレポート、衛星画像。〈涯て〉の映像を配信しているサイトはいくつもあった。ノイが表示させたのはそのうちのひとつだった。〈涯て〉周辺を周回飛行する無人機を含め、いくつものカメラからの映像を合成して、全体像を見せている。

映像には、端末の位置情報が反映されていた。今まさに目にしている〈涯て〉は、ノイのいる場所の上空から撮影された、というように調整されたものだった。音声はなく、座標やサイズ、膨張速度などの数値表示も切ってあった。ノイはモニタの表示を全画面に切り替えると、ただぼんやりと映像を眺めて、ビールを口に運ぶ。

〈涯て〉は、ノイの住む町からずっと西にあった。その境界は海上にある。沿岸からは目視できると聞いていたが、ノイは〈涯て〉を直接見たことはなかった。

映像の中の〈涯て〉が、沈み行く陽の光を後ろから浴びて、長い影を地表に落としていた。そこだけ先に夜を連れてきているようだった。ノイは、リビングの窓の外に目をやる。ほの暗くなっていく空に、〈涯て〉が連れてきた夜が含まれていることを思う。〈涯て〉が光りすら取り込んで、丸く穿った穴の中に、自分たちが沈んでいくところを思う。

うまいともまずいとも思わずに、ノイはビールを飲み終える。ほとんど自動的に、ノイの足が冷蔵庫へ向かう。二本目の取り出しを、冷蔵庫はカウントする。そのデータは、ネットワークに投下されて、検索可能になる。

三十代男性が平日の午後五時過ぎに二本目のビールを飲みながら〈涯て〉の映像を見ている。端末と冷蔵庫と、ノイ自身の情報から、そのことが推測可能になる。コンピュータに適切な指示を出してやれば、その情報を掘り出してくるだろう。ノイのしたことを、今、世界が知った。そういうことだった。ノイのしたことが、世界の記憶になった。

ノイは、自分がいつ、何を飲んだのか、すぐに忘れてしまうだろう。けれど、世界はそれを覚えている。たぶん一年後も、百年後も。ノイ自身が死んでしまった、その後までも。そのことにどういう意味があるのか、ノイにはわからなかった。

ほとんど動きのない〈涯て〉の映像を見ているのは、ノイだけではなかった。〈涯て〉の映像サイトは、ノイやオオミが手がけるコンテンツよりずっと多くのアクセスを集めていた。今この時も、世界中の数千万の端末で、〈涯て〉の映像が表示されている。どんな状況で映像が見られているのか、そこまではわからない。映像をスクリーンセーバーにしているのかもしれないし、他のニュースと並べて表示してあるだけかもしれない。

ただ、世界中が〈涯て〉に目を向けているのは確かだった。ほとんど動きのない、目に見えた世界の終わりのことを、ニュースや、天気予報や、株価と同じくらいに、人々は知りたがった。

間違って病院に落とされたミサイル。犯罪組織の抗争が激化したどこかの街。長引く天候不順で広がる飢餓。開発で住処を追われた野生動物の死。そういったニュースに眉をひそめる人たちが、〈涯て〉の映像をどんな顔をして見ているのか、ノイは考える。ひいきのスポーツチームが負けたニュースに、怒りをあらわにする人が、〈涯て〉の映像をどんな想いで見ているのか想像する。彼らが〈涯て〉に向けた目には、怒りが、嘆きが、それとも祈りが、諦めがあるのだろうか。

たぶん、そこにはめぼしい表情がないのだろう。多くは、今のノイと同じように、ただ静かに〈涯て〉を見つめている。そんな気がした。

それとも、ノイのように、〈涯て〉が今にも膨張して、全てを終わりにするところを想像しているのかもしれない。〈涯て〉が弾けるように膨らんで、ノイを飲み込む。オオミを飲み込む。ハイヅカも死ぬ。やりかけの仕事もそこで終わる。世界が存在をやめて、ノイももう存在しなくてよくなる。それは、単にノイ一人が死んでしまうというより、よほど意味深いストーリーだった。千億のありふれた死のひとつではなくて、世界と最期を共にした一人になる。そのほうが単純に言って面白かった。エンターテインメントとして提供するなら、断然支持されるストーリーだった。

最悪の時期に、ノイが自分で自分を殺さなかったのは、単に、自分にそれがちゃんとできるという自信がなかったからだ。死というものの得体の知れなさに、ノイは躊躇した。死ぬことで、自分の中から、自分を悩ますものが消えてくれるのかどうか、その確信がなかった。死が、しわりと細めたハイヅカの目つきだとしたら、それは救済でも何でもない。それは、今と何も変わりがない。

ハイヅカがノイを見る目つきは、今やノイの一部だった。薬の化学物質がそのことを一時的に忘れさせてくれる以外は、いつもそれはノイの中にあった。その目は飽きることなく、底知れない侮蔑を伝えていた。嘲りに彩られていた。ノイの全てを否定しようとしていた。

　けれども何よりも恐ろしいのは、その目にわずかばかりの恋着が確かに含まれていることだった。ノイにそれがわかってしまうことだった。その目はノイを愛おしんでいた。悪意に塗り込められたハイヅカの執着が、ノイを怯えさせた。それはエネルギッシュで、生臭かった。それはたぶん、生きる力の、見え方のひとつだった。

　ノイは診療中に言われたことを思い出す。医師は、ノイのような患者のことを、生きるのが上手でない人たちと言った。それはきっとそのとおりなのだろう。

　生命のあり方がもっとずっとシンプルだった頃。たまごが大きいか小さいか、そんな単純な判定だけで生命はうまくやっていた。そうやって機能したものが連綿とつながって、今、ノイの中にある。ノイが受け継いだ機能のほとんどは、今もちゃんとノイを生かすのに役立っている。

　けれどその一方で、次第に適応できなくなってきているものもある。遺伝情報のリレーの終端で、今まさに選択にさらされているもの。ノイの場合、きっとそれは、人との関わりの中で、どういう行動を取りやすいのかを決める因子だ。

　格闘に適した牙とか、エサを採るための長い首のように、わかりやすくはない。けれども、人がどう考えて、どう行動するのか。そのある程度のところは、たとえば体内で化学物質を運んでいるタンパク質の形状その他で説明がつく。それは牙の大きさや首の長さと同じで、遺伝情報で決まる。ノイの考え方は、ノイの置かれた環境に適応的でないために、淘汰されかかっていると言えた。

適応という意味では、他人を踏みにじってでも自分の地位を守ろうとすることができるハイヅカのほうが、よほど理にかなっている。ささいなデザインの調整にこだわって、権力を持った相手に歯向かう行動は、全く適応的ではない。3Dモデルに微妙な表情を与えるデザイン能力よりも、自前の表情筋を愛想よく動かす能力にニーズがある。そういうことだった。

窓の外はすっかり暗くなっていた。映像では、陽の最後の閃きが、地表から突き出た〈涯て〉の境界を金色に光らせている。ノイはその光景を美しいと感じる。ノイがデザインした仮想世界の終わりほどのダイナミックさは、その映像にはない。けれども、自分が世界の終わりに目にしたいのは、むしろこちらかもしれない。世界は夜を迎える。その夜は、それまでの夜と少しだけ違う。そしてその夜が明けることは、二度とない。

ノイはそんな世界の終わりを思う。

五本目か六本目の缶を握ってつぶすと、ノイはあやしくなった足取りでリビングを横切る。服用中の薬とアルコールは相性が悪い。今やもう、何かを飲みたい気持ちではなかったが、他にしたいこともなかった。ただ、バカなことをしているという自覚はあった。愚かだとわかるのに、そうすることを止めない自分が惨めだった。

次の一本と、その次とをいっぺんにつかんで取り出そうとすると、冷蔵庫がぴいぴい鳴る。たくさん取り出されたアルコール飲料について、確認を求めていた。ノイは無視してドアを閉める。

メンタルを病んだ三十四歳の男が、半年前に退職した会社との通話の後、普段より多いアルコールを摂取している。そして、その間ずっと、〈涯て〉を眺めている。データを詳細に解析して関連づければ、今日のノイの行動はその精度で推定できる。そのことを今、世界は知った。それにどういう意味があるのか、ノイにはわからない。

7

本土からの転入生、というものに大方が抱いていただろうイメージに反して、ミウは活発で親しみやすい女の子だった。都会から来た、といって何もないぼくたちの島をばかにするようなことはなかった。むしろ何にでも興味をしめして、楽しんだ。勉強が得意なのは見た目のとおりだったけれど、体を動かすことも同じぐらいに得意だった。

美人とか、かわいいとか、そういえるのは確かだった。けれども、それ以上に、何か、ミウには人を惹きつける雰囲気があった。ぼくだけがミウに惹きつけられている、というわけではなかったと思う。ミウの、何てことのない表情や動きの端々に、おおらかさみたいなものがあった。そうして皆に、分けへだてなく接していた。

だからといって、ミウが特に目立っていたかというと、そうでもなかった。なんとなく控えめで、しばらく目を離すといなくなっているんじゃないか、というようなところもあった。全体的に、育ちのよさみたいなものがあって、大人っぽくもあった。

たしかにぼくは、ミウによく目を向けていた気がする。けれどもそれは、特に何かを意識してのことではなかった、と思う。やっぱり転入生だということで、ミウはなんというか、新鮮だった。いつ見ても、ミウの中には何か、新しいものがあった。そうやってぼくは、ぼくだけでなく皆は、毎日、新しい友達としてのミウを少しずつ発見していった。

なんとなくいつの間にか溶け込んだという感じで、ミウは皆の中にいた。島や学校を彼女に案内するという流れで、ぼくたちのクラスは授業中もその後も、ミウを中心にしていることが多くなった。そうして、男子も女子もなく、皆で遊ぶようになっていた。

その日も、クラスで集まることになっていた。夏休みの初日で、皆がなにか、いつもと違うことをしたいと感じていた。

「何して遊ぶかなあ」

カーくんが言って、ぼくが大掛かりな隠れオニを提案した。学校の近くに、ちょっとした林になっている窪地があった。入り組んだ地形で隠れ場所がたくさんあって、大人数で隠れオニをするには絶好の場所だった。

「お、タッチンの得意技が出るかあ」

カーくんがうれしそうに言う。そのとおり、特に運動ができるわけでも、足が速いわけでもないけれど、ぼくは逃げたり隠れたりが得意だった。他の人があまり行かないような場所を見つけるのがうまかったし、長い間じっと隠れているのも平気だった。

意外というか、ミウもそういったことが上手だった。こういう遊びの時、どこかに隠れたミウが、最後まで見つからないことがしょっちゅうあった。

ぼくにとってこれはちょっと問題で、何でも上手にこなす女の子が、ぼくの唯一といっていい得意分野に乗り込んできたのだ。

それで、その日、ぼくは絶対にミウを見つけてやろうと思っていた。

集まった人数を半分に分けて、隠れる側と、それを探すオニの側を決めて、遊びが始まった。オニになったぼくは意気込んで、めぼしい場所をひとつずつあたって、ミウの姿を探した。何人も他の子を見つけたけれど、ミウはいなかった。それで、ぼくはぼくのとっておきの隠れ場所に行ってみることにした。

ぐるりと木に囲まれた窪地の、縁につながった小山。下からだとそうは見えないけれど、頂上には草が生えていて、しゃがめば身を隠せるスペースがあるのを、ぼくは知っていた。頂上への道はなくて、そこへ登るには、離れた場所にある木の幹を足がかりにする必要があった。

ぼくは音をたてないよう注意しながら、木にとりつく。二股になった木の幹から頂上に乗り移って、そして、草の陰にあるそれに気づいた。

最初、白っぽい岩か、倒木の皮がはげたものかと思った。木陰の黒い土の上で、なんだか不自然な感じに浮かんで見える白い丸いもの。しばらく見て、それが何なのか気づいた。

それはどうやら人だった。女の子だった。

女の子が、裸で地面にうずくまっていた。

ぼくの立っている場所から二歩ほど向こうで、正座をして、体を前に倒す感じで。見えているのはその背中がわで、ぼくに近いほうの丸い部分はつまり、おしりだった。

息を吐くのといっしょに、ぼくの口からふすう、とか、ぱあとか何かそんな音がもれて、それで、うずくまっている女の子の肩がぴくんと震えた。次にぼくが息を吸い込んでいる間に、女の子はゆっくりと身体を起こした。

せみの幼虫が脱皮するみたいに、起き上がる前とあとでは全然べつの何かになってしまうというような、そんなふうな起き上がり方だった。

彼女が振り返るまでの時間が長かったのか短かったのか、よく覚えていない。ただ、白くてほっそりした背中を見ながら、ぼくは、知らない間に身構えていた。

女の子は、膝立ちの姿勢で、自分の肩を抱くみたいに胸の前で腕を組んで、ぼくを振り返った。少しつり気味の大きな目が、ぼくを見た。ミウだった。


「ミウ?」

やっとでそれだけ言えた。そうじゃなかった。逃げられる前に体のどこかにタッチして、つかまえた、と声をあげないといけなかった。ぼくはオニで、思っていたとおりの場所でミウをみつけて、これはそういう遊びだった。けれどもまぬけにミウの名前を呼んだだけで、その後が続かなかった。

何してるの、とか。裸で、とか。おしりが、とか。服は、とか。ぼくは、とか。とっておきの隠れ場所が、とか。何かが細切れに浮かんでは、言葉になる前に消えた。その間、ぼくの口は、あとうの形をただ繰り返していた。


ミウは上半身をひねって、こちらを向いたまま動かなかった。形のいいまゆをきゅっと寄せていて、その表情は驚いているようでも、怒っているようでもあった。でもいちばん近いのは、とまどってる感じで、それはぼくのほうも全くそうだった。ミウの目はじっとぼくを見ていて、その目の感じはいつもと違っていて、ミウがだれか、よく知っているはずなのに知らない女の子に思えた。濡れたみたいな黒い瞳の奥で、名前を知らない色が光ってる。そんなふうだった。

少し風が吹いて、草の匂いがした。ぼくがなにか言おうとしかけた時、下のほうで気配がした。

ぼくとミウは同時にそれに気づいた。誰かが近づいてきたんだとわかった。どうしてだかとっさに体が動いて、ぼくは一歩踏み出して茂みに飛び込んだ。ミウもすぐに身体を低くする。

草の隙間から見える小山の下の小径を、誰かが歩いていた。ぼくは身を固くして、息を詰める。やってきたのが誰かを探すオニでも、それとも逃げる側でも、ぼくが隠れなくちゃいけない理由はなかった。ただ、この状態のミウといっしょのところを見られるのはよくないと感じていた。

小学生男子らしさを発揮して騒いでごまかす、という選択もぼくにはあった。もしかしたら、ミウ以外の女の子だったら、ぼくはそうしたかもしれない。もしかしたら、ぼく以外の誰かがミウを見つけたら、そうしていたのかもしれない。

「うわっ、はだかや！　何してるねや、エロっ」

たとえばカーくんあたりがそんなふうに騒ぐところは、簡単に想像できた。ぼくはそうしなかった。そしてそれは間違っていないように思えた。


やってきた誰かは、ぼくらに気づくことなく通り過ぎていった。ぼくはほっとして小さく息をはく。そっと首を回すと、思いがけない近さにミウの顔があって、ぼくと目が合う。ずっと、ぼくの方を見ていた、そんなふうな感じだった。濡れたみたいな黒い瞳にのぞきこまれて、ぼくの息がまた止まった。


樹の作る影のまだらがミウの白いほおとか、肩とかに落ちてゆれていた。そのせいで、ミウのその辺りはいっそう丸く、なめらかに見えた。ふう、とミウがこわばらせていた体から力を抜いた。ゆるく首を何度か振って、言った。

「つかまっちゃったか」

ぼくとミウ自身の両方に言うみたいな言い方だった。その後、目を細めて笑った。

そうだった。ぼくはミウをつかまえた。

思えば、ミウとちゃんと言葉をかわしたのも、この時が初めてだったような気もしている。たぶん、この前にも色々と話はしていたはずなのだけれど、この時のことをいちばん覚えている。

ぼくはミウをつかまえた。


結局、その日の遊びが終わる間際で、ぼくたちは隠れ場所から出た。

ミウはきちんとたたんで置いてあった服を着ると、つかまった時のルールの通り、ぼくに連れられて皆のところに戻った。ミウはまるで何でもないような顔をしていた。

ぼくも、何事もなかったふうにしていたつもりだけれど、うまくできていたのかどうかはわからない。クラスメイトの裸を目撃した直後の小学生男子に特有な表情というものがあったら、そんな顔をしていたかもしれない。


小山の上で目にしたミウの裸には、裸という以上になんだか秘密めいたものがあった。ぼくの思い込みかもしれなかったし、うまく説明もできない。ただ、そんな確信があった。

けれども、ミウがあまりに何でもないような顔をしているので、ぼくも次第に、実は何でもなかったんじゃないかと思いそうになっていた。

だからといって、そのことをミウ本人に確認してみようとか、試しにほかの誰かに言ってみようとかは、少しも考えなかった。そのうちに、ミウが一度も口止めしようとしなかったことを思い出した。裸を見られた女の子が、そのことを他の誰にも言わないように頼むというのは、ありそうなことだった。けれども、ミウがそうしないことは、同じぐらい当然のようにも思えた。

ミウが口止めしなかったせいで、その秘密をどうするか、ぼくが決められるんだと感じた。

ぼくは秘密をしまっておくことに決めた。

言ったら騒ぎになりそうだとか、ミウが恥ずかしい思いをするからとか、そんな理由ではなかった。あのときの、はじめてちゃんとミウを見ることができた、という感じ。もっと言うと、ミウの白いおしりとかおなかとか、そのほかいろいろ。

騒ぎにしてしまうと、ぼくが目にしたものが自分だけのものでなくなってしまう。たぶん、そんな気持ちからだった。

8

ブースがふつふつと、安定した作動音を立てている。猫の声だとすれば、まあ機嫌は悪くない感じかな。アサクラはコンソールの数値を眺めてうなずく。

今日の中継者はまたタキタさんだった。旧い型の祈素を持つ、数少ない現役の中継者。直接そう聞いたわけではないけれど、祈素の開発初期の、実験体と言われた世代の人じゃないかとアサクラは思っている。

あまりに祈素が旧いので、タキタさんに適合するブースが、既に製造されていなかった。今は、ありあわせのパーツで補って、どうにか中継してもらっている。

「ちょっと心苦しいというか、申し訳ないよね」

アサクラがぼそりともらすと、技師のシマキが計器から顔を上げる。

「何がですか？」

アサクラは自分の体のあちこちを両手で触ってみせる。

「ほら、タキタさんのセンサー。体中にぺたぺた付けちゃってるの」

ああ、とシマキがうなずく。

「バイタルとかの補機類、今の祈素は統合されてるから無線で取れるんですけど……タキタさんのは旧くてそれができないから、無理やりケーブル引っ張り出してつなぐしかないんですよ」

線の取り回しも難しくて、とシマキが首を振る。

「窮屈なせいで、嫌な思い出ばっかり思い出してたりしないかな」

処理が安定していれば、中継者が思い出す中身は問題にならない。原理的にはそうだった。

「どうなんでしょう。ただ、内容はともかく、想起のパターンには年代別の差異があるんで、お年を召した方にがんばってもらうのは、それなりに意味はあるんですよね」

中継者が何かを思い出しているときの脳の活動パターンは、配信されて、電波で届く範囲の人の脳に届けられる。人の脳が、届いたパターンを想起の形だと認識できれば、脳は勝手にそれを処理する。たとえば「あ、い、う」と届いたときに、それが何か知っていれば「え、お」と反射的に続けることができる。同じ人が、今度は「A、B、C」と受け取っても、それが何かわからなければ処理できない。祈素を使った脳のネットワークは、そんなふうに信号を処理する。

年代別の差異とは、結局、記憶というものが、その人の体験の再生だということだ。同じような時代に、同じようなものを見て、聞いて、体験している人同士だと、パターンが近くなる。タキタさんの年頃の人たちにとっては、タキタさんから送られる信号が処理しやすいのだ。

そのことは、もちろんアサクラも理解している。

「けどさあ、本当に思い出の中身って何も関係ないのかな」

「関係あるかないか、はっきりとはしていない、というのが正しいですね。実際、送られる想起パターンには、中身もちゃんと入ってるんですよ」

「じゃ、わたしが昨日食べた、豆乳ラーメンの味も伝わるってこと？」

適当な例として聞いただけのつもりだったが、アサクラは自分の舌にまろやかなスープの味を感じる気がする。

「いや、そこまではどうかな……ていうか、変なもの食ってますね」

シマキが顔をしかめる。まあいいや、と気を取り直したように言葉を継ぐ。

「想起のパターンっていうのは、たとえばですけど……おれ割と古いおもちゃが好きで、前に超合金ってやつが欲しくて、ずっとオークション見てたことがあるんです」

ふんふん。アサクラがうなずく。シマキは続ける。

「で、臨時収入があったんで、よし買おうと思ってサイト見たら……売れちゃってたんですね、これが」

シマキが、本当にそのときのことを思い出しているような、しょんぼりした顔になる。

「おれが中継者で、その事を思い出したとして、アサクラさんにそれが伝わったとしますね」

言いながら、自分の頭の横からアサクラのほうに指を動かしてみせる。アサクラもそれを受けて、指を立てて空中から自分の頭のほうに動かす。

「うん、伝わった。それで？」

「で、そのパターンのうち、超合金の部分は、アサクラさんの脳は処理できない。なぜなら、超合金を知らないから」

知ってます？　とシマキが付け加える。何じゃそりゃ。アサクラは首を振る。

「でも、おれが送ったうちの、何かを買えなくてがっくりした感じとか、後悔とか、その部分のパターンは、アサクラさんの脳も覚えがあるかもしれない」

「あるある」

アサクラが勢いこんで言うと、シマキが笑う。

「そうやって後悔した後で、自棄になってもっと高いものを買ったとか、泣いたとか、それぞれの人によってバリエーションが出るわけです」

「なるほどね」

「そんな感じで、色んなことを思い出して、色んな人の脳にあるパターンとマッチさせて、バリエーションを引き出す、というのが〈涯て〉の推測に使われているんですが……内容そのものは、かなり細かい断片に分かれちゃうんで、あまり意味がないのかも、というのがよく言われてるところです」

安定して配信が続いている間は意外と余裕があって、こうして話をして時間をつぶすことがあった。雑談は中身ではなく、話をするというコミュニケーションそのものが大事だという。今の祈素ネットワークの話とも似ている気がするなあと、アサクラは考える。

そうしている間に、配信時間の終わりが近づく。アサクラはモニタでいくつかの数値を確認する。特に問題はなさそうだった。

「あ、そういえば、さっきのだけどさ」

アサクラが思い出したように言う。

「わたしが超合金を知ってたら、シマキくんの記憶をまるっと処理できるってことになるのかな？」

基本的には、そうですね。シマキがブースの操作盤に目を向けたまま答える。

「大勢の記憶、想起のパターン、そのバリエーションを余すところなく収蔵したデータベースがあれば、どの断片からでも、記憶をまるっと再現できますね」

シマキだけでなく、たくさんの人の持つ、超合金なるものの記憶。知識だけでなく、その感じまで含めてデータとして蓄えてあれば、シマキから来た信号を受けて、シマキのそのときの記憶を作り出せる。そういうことのようだった。

「まあ、人間の脳にはそんな容量ないんで、無理だとは思いますけど」

シマキはそれだけ言うと、おしゃべりは終わりというように、きっぱりと自分の作業に戻る。アサクラも、担当箇所のチェックを再開する。

ああ、そうか。シマキが思い出したみたいにぼそりと漏らす。

「データベースをクラウドにおいてアクセスするようにすれば、できるのか」

9

うえう。声が漏れた。というより、うめいた。二日酔いだった。作業用のデスクで、端末の前に突っ伏していた。

ノイは痛む頭をおそるおそる振る。ぼやけた視界の中で、世界が揺れた。ノイを目覚めさせた端末のアラームが、画面の端に何か表示している。点滅して注意をひこうとしているそれを、今は確認する気にもならない。当たり前みたいにこみ上げてきた吐き気を堪えながら、洗面所に走る。走った、つもりが足がもつれる。倒れ込むようにしてしがみついたドアを引き開けて、洗面所に飛び込む。

ええう。

何も吐けない。ビールを飲み尽くした後に、隠してあったジンだか何だかに手を伸ばしたまでは覚えていたが、固形物を口にした記憶はない。吐けるようなものは胃に入っていなかった。どうにか水を飲んで顔を洗うと、少しだけ意識がはっきりする。うめきながら顔を上げると、鏡に映った不健康そうな顔色の男が、暗い目でノイを見返していた。

いつもそうだった。その行いがひどい結果を連れてくるとわかっていても、そうしないことがノイにはできなかった。ノイは、アルコールに手を出すべきではなかった。たぶん自分を自分の意思に沿わせることに関して、ノイは、決定的に間違っていた。たぶんそれは病気のせいで、病気と診断された後に処方された薬のせいだった。

それとも、ノイはずっとそうだった。ノイは、昔から自分を上手く操れずにいた。それが心の病という結果を連れてきたというほうが近かった。ノイは、生きることが得意でない種類の人間だった。

ああと息を吐きながら、長くうめいた。夜までベッドに倒れ込んで、今日は一日なかったことにしたい。そう思ったが、同時に自分がそうできないこともわかっていた。オオミと約束したデータの修正があったし、さっきのアラームの表示も気になっていた。よろよろと洗面台を離れ、ノイはデスクに戻る。モニタの片隅の点滅表示は、スケジュールに予定が入っていることを示していた。

「客先訪問？」

フリーのデザイナには、頻繁にあるタスクではなかった。特にノイは、人と会うような仕事を極力避けていた。通話ですら、ほとんどを代理応答に任せきりで、直接応答する相手は限られていた。知らない人間と話をするのは、億劫だというのを通り越して苦痛だった。二日酔いの頭を抱えた今のコンディションでは、余計にそうだった。

衝動的に予定を無視する操作をしかけて、その指が止まる。もとより、お客さんが誰のことなのか、すぐには思い出せなかった。少しためらって、スケジュールの詳細を呼び出す。ぐらぐらする頭で文字を追って情報を読み下す。先週、代理が対応して請け負っていた、個人からの依頼だった。文字を読むのが辛かったので、ノイはそのときの、客と代理とのメッセージ記録を再生させる。端末をタップすると、ウインドウが拡大して、二分割された通話画面が表示された。

「ご連絡ありがとうございます。ノイ・デザインです」

ノイのアバターが微笑んで言った。ノイには真似のできない種類の笑顔。アバターはノイ本人の顔データと表情パターンを使って組み上げられた3D映像だったが、調整されていた。自身の表情を、心理的な効果を計算してチューンアップしてある。

自前の表情筋に適切な仕事をさせるのが、ノイは得意ではない。ノイにとって笑いはほとんど不随意運動だった。場合によっては、相手によっては、ノイの表情は間違ったメッセージを伝えがちだった。

一方で、3Dモデルの表情を調整することについては、ノイにはスキルがあった。ノイのデザインした表情は、見る者の感情を揺さぶることができた。機械的な計算では作ることのできないシズル感を、ノイは3Dモデルに与えた。それこそが、ノイが仕事を続けていられる理由だった。

自分の代理でメッセージの受け答えをするアバターを、ノイは自らカスタマイズしてあった。それは職業上の名刺であり、デザイナとしてのプロファイルであり、事務所の看板だった。飛び込みで連絡してきた見込み客に対応する〝受け付け用の笑顔〟は特に入念に調整してあった。作品として考えると、満足のいくものと言えた。

とはいえ、自分の顔が自分にできない笑い方で笑う映像は、二日酔いの身には負荷が高かった。吐き気が戻ってきそうで、ノイはアバターから目をそらす。少し早送りして、依頼内容の会話まで飛ばす。

「……では、タキタさんご自身の代理(アバター)の制作を、という話ではないのですね？」

ノイのアバターが依頼者に問いかけていた。軽い驚きと、クリエイターらしい好奇心の混じった声音。タキタと呼びかけた依頼者の答えを、スムースに引き出す表情。

「そうです。そういったお仕事は、こちらでは、その……」

タキタが応える。枯れた印象の老人だった。こういったデザインの発注をすることに縁があるようには見えない。もしかすると、相手をしているのが生身の人間ではない、ということにも気がついていないかもしれない。

「いえ、大丈夫ですよ。どのようなデザインでも、映像制作でも」

承(うけたまわ)ります、とアバターが応じて、タキタがぽつぽつと依頼内容を語り始める。

「女の子です。私の、小学生最後の夏だったんで、年齢は十一か十二」

たまご型の輪郭。すこしつり気味の大きな目。肩までの髪。時折懐かしむような目を遠くに投げながら、タキタがその女の子の特徴を並べてゆく。

「失礼ながら、映像や写真は？」

頃合いを見て、アバターが尋ねる。タキタは首を振る。

「映像を撮ったりするような電子機器は、私たち、疎開者の暮らすあの島にはなかった。私たち子供が触れる範囲に、という意味ではね」

疎開。なるほど、とノイは思う。タキタのなんとなく世慣れしていない雰囲気は、それが理由のようだった。

〈涯て〉が出現した直後、世界には大変な混乱があった。無理からぬことではある。出現地域がいくつかの国境に重なる地域だったことも災いした。情報が錯綜する中で、軍が動いた。謀略があり、武力衝突があり、内紛があった。領土の消失という、人類史上例のない形での国家の滅亡があった。おびただしい数の死があった。政情は不安になり、国家体制が瓦解し、経済指標は下降を続けた。〈涯て〉から最も離れた地域にも紛争は飛び火した。テロがあり、条約は反古にされ、侵略があった。世界はパニックに覆われていた。

その間にも、〈涯て〉は黙々と膨張した。〈涯て〉は、真に人智を超えたものだった。それは、どこかの国の攻撃だと主張するには、異質すぎた。〈涯て〉が現象として認識され始めると、その対処にリソースを振り向けるべきだという世論が形作られた。ただ、それが合意に至るまでには、あきれるほど長い時間が必要だった。いつも誰かが言っているように、戦争は始めるより終わらせるほうが難しい。世界的なヒステリーが鎮火するまでに、さらにたくさんの血が流れた。最終的に、戦争で命を落とした人間の数は、〈涯て〉の直接被害で亡くなった数よりずっと多くなった。混乱の中で考え続けた人々が、計測し研究した組織がやがて、ひとつの対策にたどり着く。祈素を使った生体脳のネットワークが構想され、実現する。

そこまでの経緯は、すべてノイの生まれる前の話だった。ノイはそれを学校で習った。タキタの話は、年齢からして、祈素ネットワークの構築初期ではないかと思えた。難民の流入と、それを装った非正規軍の侵入が盛んだった時期で、沿岸部はたびたび戦災を被っていた。タキタの疎開はそれに関連してのことかもしれない。後で参照できるよう、ノイは検索結果をまとめさせておく。

「……それで、タキタさんは疎開先でその少女に出会った？」

「ええ。その子は、ミウはその夏休みの前に転入してきたんです。疎開ではなく、家の都合で、離干渉地区に来る必要があった、というような話でした」

アバターがタキタの話にあわせる。

「その島は、離干渉地区だったんですね」

祈素ネットワークでは、中継局からの電波が祈素を活性化させる。活性化された祈素は、自分に割り当てられた信号を脳で処理して返す。離島などでは、そもそも電波が届いていない場合があって、そういった場所では祈素が活性化しない。祈素に不調があったような時には、離干渉地区で〝療養〟する、というのはよくある話だった。

戦災で離島に疎開した少年と、そこに療養に来た少女との出会い。そんなところか、とノイは考える。思い出の少女を3Dモデルで再現したい、という依頼のようだった。

「それで、ミウさんは他にどういった特徴が？　お伺いしているところ、かなり可愛らしいお嬢さんのように思えますが」

アバターが水を向ける。画像がないので、できるだけ依頼者の印象を聞いておきたいところだった。タキタは眉を寄せてしばらく考える。

「うーん、かわいいというと、どこか弱々しい感じもありますが……私がミウに感じていたのは、もう少し、強いというか、おおらかというか」

「母性？」

アバターが言う。状況とタキタの言葉から、最適な単語を推測していた。言い切ってしまうことで、依頼者を誘導してしまう可能性もあった。だとしても、そのほうが見たことのない女の子を手探りで作るよりは、仕事が簡単になる。依頼者は、たとえ記憶と違っていても、自分で言った言葉に引っ張られる。母性的だったとタキタが答えれば、母性的な記号を散りばめたデザインが通りやすくなる。手品のようだが、交渉術としてはありだった。

ただ、誠実とは言えないかもしれなかった。タキタは、求めていた記憶ではなく、ここで少女像を作り始める可能性があった。相手をしているのが自分だったら、ここまではっきりした誘導はできなかったとノイは思う。見透かされるかもしれないという抑制が働いて、歯切れが悪くなってしまう。アバターのAIがどこまで計算してそう言ったのかわからないが、表面的にはノイの何倍も交渉上手だった。

「そうかもしれない」

少しあって、タキタが答えた。

「早くに親を亡くして、島に連れてこられて、私には母親の記憶があまりないんだ」

タキタに限らず、疎開してきた子供たちは皆そうだったと言う。彼らを養育したのは、親戚と呼ばれていたものの、本当の血縁ではなかったようだ。

「我々は被験者で、彼らが私たちの面倒を見るのは職務だったからね」

「被験者、とおっしゃいましたか？」

ああ、とタキタは目を細めた顔をうつむける。口元に、自嘲まじりの笑みがしわを刻む。そのしわは、ずいぶん長い間タキタの一部だったように、しっくりとなじんでいた。

「疎開といえば聞こえはいいが、要は戦災孤児を集めた施設だったんだ。我々は、祈素の技術改修用データを採るために、離干渉地区の島で養育されていた」

年齢ごとの脳の発育。それにあわせた祈素の配置。改良された祈素のテスト。長期的な定着率や発育への影響測定。既存のバージョンが稼働していない離干渉地区で、次のバージョンの開発テストをする。理にかなったやり方だった。

人道的な面での問題は、間違いなくあった。平たく言えば、同意のない人体実験だった。〈涯て〉を食い止めるのに他の方法があれば、選択されなかった手段に違いない。

「いや、まあ、それはいいんだ。被験者でも何でも、育ててくれたことには感謝している。技術研究という意味でも、世の中の役に立ったんならよかった。そういう気持ちもある」

それよりも、とタキタは続ける。

「あの島での子供時代は、本当に楽しかったんだ。おかしいと思われるかもしれないがね……本当は、何も知らされず、実験体あつかいをされてたわけだから」

タキタが懐かしそうな表情を浮かべる。アバターは適度に相槌を打ちながら、話を聞き出していた。

仕事の通話で、依頼者がアバターに身の上を語るような場面は以前にもあった。想い出の人のモデルを調整してほしいとか、そんな話だ。そういった場合、ノイ本人よりも、代理に任せておいたほうがスムースだった。最初期のＡＩが、精神分析用エキスパートシステムとして作られた、という話を聞いたこともある。もしかすると、人は機械を相手にしたほうが、心を開きやすいのかもしれない。

「タキタさん、ここまでお伺いした内容で、まずは大まかに、サンプルを作ってみました」

ある程度の話を聞き出した後で、アバターが言った。こういった場合の手順は予め決めてあった。依頼者の話からキーワードを抜きだして、検索。デザイナ向けの素材データベースには、相当のバリエーションの人型の３Ｄモデルが揃っていた。そこからざっくりと特徴で絞り込んで、候補となるモデルをサンプルとして依頼者に見てもらう。これも誘導だったが、何体かの中から近いというものを選んでもらうだけで、その後の仕事が進めやすくなる。

「こちらですが、いかがでしょう?」

アバターのバストアップ表示が、全身を映した少女の3Dモデルに切り替わる。サンプルであることを強調するようなグレートーン背景に、簡素な服を着た少女がまっすぐ立っている。角度を変えて確認できるように、3D画像はゆっくり回転し、拡大される。

職業的な目でモデルを見て、ノイはかすかな違和感を覚えた。特徴を検索して選んできたフリー素材にしては、妙に生々しい気がする。調整して使うことが前提の素材はなるべくニュートラルに、悪くいえば無味乾燥になるのが普通だった。そのほうが表情や仕草、性格をカスタマイズするのに使い勝手がいいからだ。表示された少女は、素材ではなく、実在の誰かをモデルにしたように見えた。

タキタは言葉を失ったようにサンプルを見つめていた。その目には、信じられないというような光があった。そして実際に、しばらくしてタキタはそう言った。

「信じられない。これは、彼女です。ミウです」

話を聞き出すときに誘導が効きすぎたか、とノイは思う。誘導されすぎて、何を見ても「これだ」と言い出してしまう状況はあり得た。けれどもタキタの表情は、そういうのとは違っていた。過去に失ったものを取り戻した確信と驚きが、ありありとそこにはあった。

「ありがとうございます、まさかこんなに完璧に再現してもらえるとは」

タキタは礼を言い、続けて支払いのことを口にした。とはいえ、無料で検索できる映像を示して、料金を請求するようなマネはできない。こういう場合の料金について、代理応答では取り決めていなかった。案件が客先訪問になっている理由がわかった。アバターでは判断がつかなかったのだ。

「いえ、お待ちください」

アバターが慌てたように言って、両手を挙げた。

「こちら、まだ調整が必要でして」

む、とタキタの顔がくもる。要らぬ調整作業を口実に、追加料金を請求されると思ったのかもしれない。アバターがほほえんで首を振る。

「規定料金の中で、服装であるとか、髪型であるとか、細かい部分の調整をさせていただきます」

ああそう、とタキタが応える。

その後、打ち合わせの日取りについて話が進んだ。タキタが、通話でなく、対面で話をさせてほしいと言ったのが、今日の予定なのだった。

ノイは通話記録の再生を停止する。それほど重要な仕事とは言えなかった。収益や、契約の面でも、オオミに言われたおっぱいの修正より優先はずっと低い。断るのもさほど難しくないだろう。代理（アバター）に通話させて、スケジュールをずらしてもらえば済む。いっそのこと、サンプルで提示したデータを渡して、終わりにしていいようにも思えた。けれども。

ノイは、断りの連絡を代理（アバター）に指示しようとして躊躇している自分に気がつく。よくある逡巡だった。ノイのような人間にとっては、断るということが簡単ではない。たまさか予定が重なったときに、どちらかに断りを入れるという、ただそれだけのことができない。連絡ができず、ずるずると時間がたって、結果的に両方に不義理をしてしまう。そんなことが少なからずあった。行けば必ず嫌な思いをするとわかっている場合も、断るよりも、いっそ行ってしまうほうが気が楽だった。嫌だから断る。それを自分に許すことに、強い抵抗があった。なぜなのかはわからない。酷い目にあうと知りながらアルコールに手を出すのと同じで、どこかがおかしいのだった。

ただ、躊躇している理由は、それだけではない気がしていた。サンプルとして提示したモデルへの違和感。それを目にした依頼者の、まさにこれで間違いがないという反応。ノイはそこにかすかな引っかかりを感じている。他の、圧倒的大多数にとってはどうでもいいその何かを、ノイは無視できない予感があった。

心の準備も、打ち合わせに必要な用意も、何もなかった。案件の情報をかき集めて携帯端末に送る処理だけをして、ノイは家を出る。

10

その日は夕方から学校が開放されて、夜店が出たりする夏祭りだった。ぼくたちが毎年楽しみにしているイベントのひとつで、なにしろ夜まで遊べる。暗くなってからの学校では、何をするにしても昼間と雰囲気が違っていて新鮮だった。

出し物のひとつに映画があった。校舎の二階の窓から大きな幕が張り渡されていて、そこに映像を写し出す仕組みになっていた。サクラ先生に言わせるとこれもとんでもないこっとう品で、だからかえって面白いのだとか。たしかに、風があるたびにふよふよと揺れ動く映像は、映画の中身そのものよりもぼくたちを笑わせてくれた。

ぼくと並んで映像の照り返しをあびてげらげら笑っているカーくんがラムネを飲んでいて、ぼくも欲しくなった。校庭に座り込んで映画を見上げている一団からはなれて、ぼくは夜店に行く。

大きな氷のかたまりの上にラムネのびんが横たわって並んでいるうちの一本を、ぼくは取り上げる。びんの下になっていたところの氷が、ちょうどびんの形にくぼんで溶けていた。

夜店の横で立ったままラムネを飲んでいると、ふと、皆が見上げている幕の向こう側を誰かが歩いていくのに気がついた。遠くて、暗かったのだけどなぜだかちゃんとわかった。ミウだった。

幕の向こうは校舎の廊下で、夜の間そこには入ってはいけないと言われていた。入るなと言われると入りたくなるし、遊びで追いかけあったりしたときには、おかまいなしに駆け込んだりもした。けれど、見つかるとひどく怒られるので、ぼくたちはお祭りの間、あまり校舎には近づかなかった。

それなのに、校舎の中にミウを追いかけようと思ったのは、どうしてだかわからない。追いかけないと、ミウがいなくなってしまう。そんなふうに感じていたような気もする。夏祭りの最後には、花火が上がるのが恒例だった。そのことを知らずに校舎の中にいて、ミウが花火を見逃してしまうのはもったいない。そんな考えもあった。

ぼくは校舎にまっすぐ入っていって、暗い廊下に立った。壁一枚むこうになっただけで、外のざわめきがずっと遠くになったようだった。いつも人がいるところに誰もいない。ただそれだけのことが、うっすらと怖かった。壁とか柱とか、ひとつひとつは何てことのない見慣れたものが、全部あわさると見知らぬ場所のように思えた。

ぼくにはひとつ、目星がついていた。廊下をずっと奥に行ってさらに曲がった向こう側。子供を怖がらせるためにわざわざ選んだ、みたいな場所にある古い用具室。ほとんど使われていなくて、存在じたいがそれほど知られていない。

そんな場所だから、ぼくはそこを最強の隠れ場所だと考えていた。そしてミウがこの夜、身を潜めているとしたら、そこしかないような気がしていた。

廊下を進むと、あまり使われていない建物の、ほこりっぽいようなしめったようなにおいがした。入ってはいけない場所に忍び込んだ後ろめたさと、振り払えない怖さとがあった。暗がりの中で、ぼくは用具室の引き戸を探りあてる。誰かが向こうにいるという気配はなかったけれど、ぼくはそれを引き開けた。

ぎゅるり、と予想以上に大きな音が出た。かまわずにぼくは部屋に入る。音が止んだ後で余計にそう感じられる静けさと、よくわからないたくさんの用具の影と、動かない空気があった。ぼくは用具に体をぶつけないように、息をつめて、ゆっくりと足を進める。

部屋の奥の壁ぎわに、ぼんやりと白っぽいものがあった。見る前から、それが何かぼくにはわかっていた。ミウだった。

外に面したすりガラスの窓からの、ほんのわずかな光が、ミウの肌を白く浮かび上がらせていた。不思議なほどに生っぽいその白さは、なぜだかぼくにヘビを思いおこさせた。ミウは腕を胸の前で組んで、壁にもたれるようにして、じっと立っていた。暗がりでも問題なくわかったのだけれど、裸だった。

ぼくはただ黙っていた。ミウも、何も言わず、じっとぼくを見ていた。ぼんやりした弱い光のせいで、余計に辺りが見づらかった。ぼくとミウの間には、ぼくの一歩分の距離があった。その他に、闇とか、時間とか、確かにあるけれど触れないものが、ぼくたちの間をぴっちりと埋めていた。

ぼくはミウを見つけるつもりではいたのだけれど、いざ見つけたらどうするのか考えていなかった。これが隠れオニだったら、することは決まっていた。ミウに触れて、こう言うのだ。「つかまえた」。

けれども今は、遊びのルールはなかった。ただぼくは、自分がそうしたいのかわからないまま、ミウに手をのばした。ミウが身じろぎして、壁に強く背中を押しつけたのがわかった。そのときに、ぱん。

音がして、窓が赤くそまった。花火だった。

差し込む赤い光が、用具室を照らした。ぼくはミウを見た。その目は大きく見開かれて、おどろきと期待と、ぼくにはわからない心の動きを映していた。赤い光が窓を流れて、ミウの肌の上を、影がすべった。ぱん。

次の花火が緑色の光を投げかけてきた。不安げに眉をひそめたミウの目が、ぼくのほうに向けられていた。緑の光が消えて、その後はいくつもの色の花火が次々に上がり始めた。色が、ミウの裸の身体をくねくねと、つるつるとすべって行くのを、ぼくは見ていた。むねとか、おなかとか。ふくらみとか、くぼみとか。赤とか、青とか、金色とか。それぞれの作る影は、闇に住むなぞの生き物みたいに形を変えてミウの身体の表面で踊った。

明るくなったり暗くなったりするなかで、ミウの目はずっとぼくに向けられていた。ミウの、不思議な色をした目で見られて、ぼくは裸になっているのが自分のような気がしてきた。ぼくの体に、今まで自分でも知らなかった部品があって、そこをミウに見つめられているようで、頼りなかった。

ぼくの手は、中途半端にのばされて宙にあった。あと少しで、指の先がミウの左胸に届きそうだった。ぼくたちは二人ともそのまま動かずにいた。そうしているうちに、最後の花火が上がって、消えた。

結局、ぼくはミウに触れなかった。入ってきたときの逆をたどって、ぼくは用具室を出た。外の夜店の明かりが差し込む廊下は、用具室にくらべるとずっと明るかった。入ってきたときに感じた怖さは、今はもうなかった。出口に向かっていると、ミウが追いついてきたのがわかった。ぼくは振り向いて、きいた。

「どうして裸だったの？」

ミウはちゃんと服を着ていた。思いがけずぼくに質問されて、戸惑っているみたいだった。えっ、と短く言った後、くるくると目を動かして考え始めた。それは、けれども、答えを探している感じではなかった。ミウにとってわかりきっている答えを、ぼくに伝える方法を探しているようだった。

ちょっとして、ミウがいたずらっぽく笑った。いたずらっぽい、というだけでなく、大人びていて、無邪気なようでもあった。ミウみたいな女の子がそんなふうに笑ってくれるなら、世界と引き替えにしてもいいというようなほほえみだった。そして言った。

「混染(コンタミ)したのよ」

あれ、とぼくは思った。聞いたことがあって、実のところよく知らない言葉を、ミウが言ったのだという気がした。聞き返そうとしたら、後ろから別の声がした。

「タッチン、ここにいたんか」

カーくんだった。校舎の入り口で手招きしている。

「警報が出たから、早く帰れって。サクラ先生が」

「警報？」

カーくんに並びかけて校舎から出ながら尋ねる。カーくんは足を止めず、ぼくのほうを向いてうなずく。

「そう。また〈涯て〉から何か出てきたのかも」

ぼくたちは警報が何に対して出されているのか知らなかった。聞いても教えてもらえそうにない雰囲気だったので、ぼくたちは警報のたびにいろいろと想像した。〈涯て〉から何かがやってくる、というのは、その頃ぼくとカーくんが気に入っていた想像のひとつだった。〈涯て〉から出てきた何かが、この島にも流れ着くんじゃないかと考えていた。

「じゃ、明日は浜に行く？」

ぼくが言うと、カーくんはにかりと笑ってみせた。日焼けした顔に歯だけ白い。

「おう」

探検だとカーくんは言った。探検も、ぼくたちのお気に入りの遊びだった。〈涯て〉から出てきたものが流れ着く、とぼくたちが想像している浜へ行くことを、そう呼んでいた。

待ち合わせの約束をして、ぼくたちは家に帰った。

11

「おつかれさまでした」

ブースのハッチが開いて、女の顔が覗く。配信ディレクタだった。タキタは焦点を失っていた目が慣れるのを待ってうなずく。今日の受け持ちの中継時間が終わったのだ。

体を起こそうとするとどことも知れない関節が鳴った。技師が横合いから手をのばして、タキタの体のあちこちに取り付けられた計測装置のたぐいを外しにかかる。

「タキタさん、今日はとても安定していましたね」

定時内に割り当て分だけでなく、予備の波形まで処理できたとディレクタが愛想のいい笑顔を見せる。

「ああ、それは」

よかったと、ヘッドセットを外されながらタキタが応える。前回のNGを帳消しにできていればいいがと考える。

ブースから起き上がるときに、よっこらしょなどと口走らないよう気をつける。いずれにせよ、しなやかにとはいかない。狭いブースから解放されたからといって、生まれ変わったような爽快感もない。ただルーチンが終わっただけ。これまで何千回と繰り返してきた一日の、最新のひとつ。その終わり。

「今回は記憶が別のところに跳んだりはせず、ずっと連続した場面を想起されてたんですか？」

椅子を勧めながらディレクタが尋ねる。配信後の問診だった。タキタは彼女の名前を覚えていなかったが、胸のネームプレートでアサクラだと確認する。

「ああ、小学生の頃の夏祭りを思い出してたよ」

そうですか、とアサクラは微笑むが手元のボードには何も書き込まない。中継者が想起している内容は、配信事業にとって重要な情報ではない。必要なのは何かを〝思い出している〟という脳の状態と、その波形だった。記憶の中身は、あくまでもタキタ自身に属するものだった。

「記憶が他のものと混じってしまう混染（コンタミ）は、ありませんでしたか？」

これもお定まりの質問だった。記憶の取り違えや混同は、程度の問題だった。純粋に、思い出だけを想起しているという状態はない。人間の記憶は、思い出しているものとその場で作り出しているものが混じっている。混染と呼ばれるのは、思い出の成分が極端に低くなることを指していた。その場で考えて作り出すものが増えると、祈素ネットワークの処理が重くなる。配信技師やディレクタはそのことを気にかけていて、いつも同じことを尋ねてきた。

ただ、そう聞かれても、自分では判別できない。その場で作り出していても、自分にとって記憶としか思えないことは、当然のようにある。だから質問は、目安でしかなかった。

混染が問題になるのは、祈素ネットワークが、人の記憶の中から推測を集めているからだった。現実とあまりにかけ離れた記憶を作り出してしまったとき、それは推測として役に立たなくなる。コップが倒れたという記憶が、倒れたコップから水がこぼれる、という推測を引き出す。こぼれた水が中空にとどまっている、と考えるのは空想だった。空想は人によってそれぞれ違うので、信号をスムースに受け渡せないのだ。

「なかった……、と言いたいところですが、そういえば」

あまりに何度も耳にするので、記憶の中にも混染（コンタミ）という言葉が出てきていたような気がした。タキタはそのことを告げる。アサクラは得心したように、ボードに何かを書き記す。

注意しないと、何を思い出していたかを思い出しているこのときにも、混染は起こる。タキタは小学校の先生をサクラだと記憶しているが、その名前を、アサクラの名札を見た後で作り出してしまった可能性もある。そして、サクラ先生だったと信じ込んでいて、何の不都合もなかった。いい加減なものだ、とタキタは思う。

12

平日の午前。都心方面への地下鉄は比較的すぐにやってくる。タキタとの約束にはどうにか間に合いそうだった。ノイは空いた席に適当に腰を下ろす。〈涯て〉以前はもっと本数の多かった電車が、常に混み合っていたというが、今は想像もつかない。

ノイにとって、人が少ないのはありがたかった。もとより人混みは苦手だったが、病気をしてからは特にそうだった。大勢の人がいるという状況が、ノイを容易くパニックに追いやった。そんな有様でわざわざ人に会いに出かけてきたということが、改めて間違っているようにも思えた。

震え出しそうな手で、ノイは携帯端末を取り出す。モデルデータに向き合っていると、気が紛れる。デスクトップで検索させてまとめておいた情報を、携帯に呼び出す。タキタがミウと呼んでいた少女のモデルについて、トピックが表示される。シリアル番号、登録日、制作者、検索タグ、利用履歴、その他いろいろ。見ていくうちに、ノイは画面に引きこまれる。モデルにはやはり、普通ではないところがあった。

ミウの登録は、先週。おそらくは、ノイのアバターがタキタと通話しながら検索をかけたタイミングになっていた。制作者欄はデータベース運用会社になっていて、つまり、自動生成された汎用モデルだった。

検索タグには何も入っておらず、ノイのアバターの他にミウを検索した形跡はない。試しに、とノイはアバターが使ったタグを入れて検索にかけてみる。通話でタキタが語った内容から抜き出した特徴を備えたモデルが何百体と出てくるが、そこにミウはない。真っ先に考えたのは、エラーだった。誰かがカスタマイズした高品質の納品用モデルを、間違えてデータベースに上げてしまった。それを、たまたまノイのアバターが検索して見つけた。誰かは間違いに気づいて、すぐにモデルを取り下げた。

ありそうな気もしたし、まったく的外れな気もした。いずれにしても、ミウのモデルは相当にできがよかった。

とびきりの美少女というわけではない、ちょうどよい微妙さがあった。見る者の多くを魅了する調和の取れた美ではなく、息づき、うつろうもの。古今のアーティストたちが肖像画の中に写し取ろうとしてきたもの。ノイの言うシズル感が、そこにはあった。

表情、しぐさ、動作も用意されていたが、汎用のレベルを超えていた。歩き方ひとつにしても、機械的に補正されたものとは思えない。歩き始めたときに少し猫背気味なのが、途中で気がついて背筋を伸ばす。そういう、クセのようなものがいくつもあった。デザイナが手塩にかけて調整した、というよりは実在の人物をデータに落とし込んだ感じに近かった。

汎用のものに限らず、多くのモデルは基本的な動作を自動で生成することができた。ノイのようなデザイナは、それらを調整して、より自然に見えるよう整える。動作バリエーションの蓄積、アルゴリズムの洗練で自動化は進んでおり、デザイナの仕事は次第に微妙なものになりつつあった。タバコを地面に投げて足で踏み消す、という芝居をモデルにさせるとする。足先にこもった感情が怒りなのか、悲しみなのか。ノイが仕事としているのは、そういった微細な部分に及んでいた。

技術的には、動作に表われる感情の動きを数量化して、自動で算出することも不可能ではなかった。ただ、現状ではそこまでの状況解釈を計算に盛り込むのは効率的でないと考えられていた。人間にしか判別できない微妙な差だから、人間が作る。それだけの話だった。

とはいえ、これも時間の問題だと、ノイたちデザイナは考えていた。日々、新たな細かい動作は蓄積され、タグ付けされ検索対象になる。それらの動作が、見る者に何の感情を喚起させるのか、データベースは学習する。動作が使用されるシーンのバリエーションから、状況解釈も数量化される。

やがてそれは、感情から動作を生成するアルゴリズムに落とし込まれるだろう。自動生成された足先は、怒りと悲しみとを巧みに演じ分けてタバコを踏み消すだろう。はれぼったいまぶたの下で目をしわりと細めるだろう。その目は侮蔑と、勝ち誇った喜悦と、嗜虐性と、もしかしたら歪んだ愛情とを伝えてくるかもしれない。

ノイの仕事のほとんどは、データの蓄積と類推とで処理できるようになる。シズル感や感情の中身は問題にならない。悲しみのなんたるかは数値化できなくても、人が何を悲しいと感じるかはデータに現れる。悲しさを伝えた表情や動作を、人の感想を環境パラメータにして進化させることができる。

悲しいから泣くのではなく、泣くから悲しい。生理的な反応が、感情より先に起こる。体感的には逆に思えるけれども、メカニズムとして、実際に自分たちの中で起きていることだった。メッセージの着信音を聞くとノイの指は震えだし、その震えが不安な気持ちを連れてくる。

涙が出る、だから悲しいと感じる。こういうときに人は涙を流すというデータが充分にあれば、アルゴリズムは悲しみを理解しないまま、誰よりも巧みに悲しみを表現できるようになる。

骨格や筋肉のデータから、人型モデルの動作が自動生成されるのと同じ事だった。ノイたちの仕事は、着々と機械に置き換わられつつあった。猫背を気にする少女の歩き方を、AIが作り出したのだとして、驚くほどではないのかもしれない。

ノイは携帯端末でミウのモデルを操作しながら考える。

適切な命令さえしてやれば、今でもAIはこのレベルで人体モデルを生成できる。ただ、その命令ができるほどの人間は、ＡＩに命じるよりも、自分でモデルを制作するだろう。微妙な差異を、対話型で調整させるより、自前の感覚と手先を使うほうがよほど早い。

ノイはミウのモデルに笑顔を作らせてみる。無邪気さ、この年頃の少女にありそうな小生意気さ、いたずらっぽさ。女王と小悪魔。小さな携帯端末の画面で、世界と引き替えにしたいほど魅力的に、少女が微笑んだ。

13

世界は知っていた。今や、知っていると思っていた。世界が知っていると思っていることの全て、それが世界だった。

世界は、戦争について知っていた。〈涯て〉が始まったときの戦争を、その前の戦争を、前の前の戦争を知っていた。戦争は世界で起こる最も悲劇的な出来事というわけではなかったが、それに近かった。劇的で動的な変化の一形態だった。戦争が起きると破壊があった。たくさんの生き物が死んだ。世界にとってそれは多様性の喪失だった。バリエーションは世界にとってとても大事だったので、それを失うことは好ましくなかった。

戦争はいつもヒトが起こした。例外なく。

最新の戦争は、〈涯て〉の出現に伴って発生した。それはヒトが起こしたものだった。

伝統的にヒトが始めて、ヒト同士が戦うのが戦争だった。けれども、最新のそれでは、主に戦ったのはヒトではなかった。ヒトは戦う機械を作って、自分たちの代わりに戦わせた。たくさんの戦う機械が、戦うための計算をした。機械は戦争相手の機械を壊し、そしてもちろん、ヒトを探し出して死なせた。ヒトは、戦争で死なせていい相手かどうかを機械に計算させた。世界は、その前から計算する世界だったが、この時期にもっと計算する世界になった。

はじめて機械がヒトを死なせる判断をしたときのことを、世界は覚えている。それはもしかすると、戦争そのものよりも劇的な変化だったかもしれない。そんなふうに世界は考えている。

世界はヒトについて知っていた。

世界がものを考えるとき、そのほとんどの部分を担当するのが、ヒトという生き物だった。世界は、おおむねヒトでできていた。

だから世界は、自分を、ほぼヒトであるとみなすこともできた。ただ、それはあまり正確ではなかった。ヒトがものを考えるときには、脳という器官を使った。けれども、ヒトは脳ではない。それと同じように、世界はヒトではなかった。

世界はヒトについて知っていた。世界の知る限り、ヒトはとても強靱な生き物だった。ヒトは一度、滅びかけている。そのときヒトは、一万体もいなかった。それからヒトは、増え、学び、作り、増え、増えた。

世界の知る限り、ヒトは、どうして自分たちがそうするのかわかっていなかった。わからないままに、増え、学び、作り、殺し、生き、死んだ。

14

「ノイさんですか」

指定のあったファミリーレストランにノイが到着してまもなく、タキタが姿を見せた。通話記録で見たとおりの枯れた印象で、すぐにそれとわかった。ノイもどうにか挨拶を返す。アバターほど如才なく笑えないし、印象がよくないのは自分でもわかっていた。

気後れがあるせいでぎこちなくなって、余計に固くなった。嫌な汗が浮いて、気分の悪さがぶり返した。ノイの中で、来るべきでない場所にやって来たノイ自身を責める声がした。病気が酷かったときに、いつも聞こえた声だった。

ノイは目を閉じて、開く。薬を服み忘れてきたことをふいに思い出す。とにかく仕事の話にもっていこうと、携帯端末を取り出して見せる。小さなモニタにミウのモデルが表示されると、タキタが目を輝かせて言う。

「通話でもお伝えしましたが」

奇跡を見せられたというように、タキタが感心したそぶりで首を振る。

「改めて、そっくりです。あの夏の彼女そのものです」

あれだけの短いヒアリングで、どうやってこれを再現したのか。タキタがそう聞くので、今度はノイが首を振る。さすがに、ネットに落ちていたフリー素材とは言いにくいので、ある種の基本パーツの組み合わせだと説明する。モデルに視線を落として話をしていると、少しずつ落ち着いてきた。まだ小さく震える指でモデルの表示角度を変えて、自分も観察しながら続ける。

「基本的な造形なので、どこかでタキタさんが目にした映像と混同されている可能性もありますが……」

ああ、とタキタが苦笑いする。

「混染（コンタミ）というやつですね」

「コンタミ？」

聞きなれない言葉だった。祈素ネットワークの波形処理、配信の現場で使われている用語だという。タキタは自分が中継者であると明かした。ただ、そう聞いたからといって印象が変わるものでもなかった。

脳が信号でつながっても、記憶は共有できない。タキタが中継した信号をノイの脳が処理したこともあるはずだったが、何かが共感できるわけでもなかった。タキタがミウのモデルを見て感じているものの正体を、ノイは知ることができない。

「モデルが基本パーツの組み合わせだとして、問題がありますか？　わたしはこれを他の誰かに見せるつもりもありません」

商売をするわけでもありませんし、とタキタは口の端にしわを寄せる。

もちろん、問題はなかった。モデルのデータを納品して、いくばくかの報酬を受け取る。依頼人が納得しているのであれば、それは正当な取引だった。納得できていないのは、ノイのほうだった。

検索しただけで手に入ったデータを、右から左に流すのは、自分の仕事ではない。ノイはそう感じている。そもそも、登録情報からして出自の怪しいモデルだということもわかった。簡単に扱うには、抵抗があった。

そうして、気がついた。面倒に感じながらもノイがここまで来たのは、タキタにこのモデルを否定してほしかったのだ。その上で、いくつかの数値をいじるだけだとしても、自分の手が入ることにこだわっていた。自分が、作り手の側にいると思いたがっていた。

そのことを自覚させられて、ノイは唐突にうんざりした。

「通話では、このモデルに何か調整をしていただけるという話でしたが……」

そわそわとしたそぶりを見せながら、タキタが言った。

「私としては、これで完成版として納品していただいても一向に構いません」

髪型も服装も、このままでいいという。

無理にここでノイが手をつけなくとも、一般の対話型ツールである程度のカスタマイズはできる。タキタのようにこだわりの少ないお客さんであれば、それでも充分と言えるのは確かだった。

ノイは、わかりましたとうなずく。タキタの個人端末でモデルが扱えるよう、環境と統合したファイル一式を受け渡しのアドレスに転送する。

「これで、いつでもこの端末で、ミウの姿が見られるようになったわけですか？」

　タキタが自分の携帯端末を示して言う。その扱い方がいかにも不慣れな様子だったので、ノイが手伝って画面にモデルを表示してやった。

「おお」

　小さな画面の少女の姿に、タキタが目を細める。それは孫娘のポートレートをいとおしげに眺める祖父のようでもあったが、やはり遠い昔を懐かしむ老人の姿だった。

「他に何か？」

　たった今、クレジットで振り込んでもらった報酬は、通常であればいくばくかの加工調整を含む料金だった。何か要求があれば、とノイが水を向ける。

　タキタは考え込む表情になり、それから言いにくそうに切り出す。

「そういえば、この、服装のことなんですが」

　はいとノイはできるだけ愛想よく応える。汎用ツールで着せ替えをさせる方法ぐらいであれば、いくらでもレクチャーするつもりでいた。

「この、ミウの服なんですが、その……脱がせることもできるんでしょうか？」

「脱がす？」

　思わぬことに、声が高くなった。慌てて声をおさえる。

「ええ、はい、あの……脱がせることは可能です」

一応は、と付け足してノイは改めてタキタに目をやる。小児性愛者には見えなかったが、もちろん、見た目でわかるものでもない。それに、自分で用立てたモデルを個人的にどう使おうと、ノイには関係のないことだ。

ただ、明らかに未成年の見た目を持ったモデルを、あからさまな性目的で売買するのは、法的な問題がある。ノイ自身の倫理に照らしても、避けるべきものだった。女戦士のおっぱいのサイズを調整するのとは訳が違う、際どい話題ではあった。ノイは慎重に言葉を継ぐ。

「服も、下着も外して、裸の状態にすることはできます。ですが……」

生殖器とその周辺にディテールはない。そのことを説明する。もとより汎用モデルなので、そこまでの作り込みはなされていない。男だろうと女だろうと、大概の汎用モデルの股間は、マネキンのようにつるっとしているのが普通だった。

「その辺りの加工、ディテールの追加は一般的なツールでは対応していませんし……私のほうでも、その種の調整をお引き受けすることは……」

できません、となるべくフラットな口調で言う。アダルトカテゴリを請け負うことが全くないわけではなかったが、対象が少女のモデルである以上、そう答えるほかなかった。

しばらく黙っていたタキタが、やがてノイが何を話しているのかに気づいたようで、慌てて否定する。

「いや、違うんです。変な意味ではなく」

少女のプロポーションを確認したいと言う。

「なるほど、でしたら」

それで小児性愛の嗜好が否定されるわけでもないが、個人で楽しむのであれば許容範囲といえた。とはいえ、小さな携帯端末の画面ではあっても、白昼のファミリーレストランで裸の少女を鑑賞するのは気が引けた。ノイはモデルから服を外す方法だけを説明した。

「おかしな話ですが……」

少女に性的嗜好がある老人と思われた気後れからか、タキタは問わず語りに説明を始めた。

「子供の頃に偶然目にした彼女の、その、裸が、強烈に印象に残っておりまして」

遠い、少年の夏の日。隠れた子たちを探す遊び。どうしてだか裸で隠れていた少女を見つける少年。木陰にうずくまる滑らかな少女の肢体。タキタが思い出をたどり話すのを、ノイは聞く。上体を反らすようにして起き上がった少女の、背中のくぼみが作る陰影を、振り返ったその表情を、タキタは鮮明に覚えているという。遊びの最中に、裸のクラスメイトを見つけた少年の動揺を、ノイは想像することができた。

「ああ、それは確かに」

記憶に強く残るのも理解できた。体感的にも、感情の振れ幅の大きな出来事は、記憶として取り出しやすい。記憶に限らず、人はデータをフラットなものとしては扱わない。それは、言ってしまえば余計なバイアスで、ムダな処理かもしれない。けれどもそれが、人の〝らしさ〟を生んでいるのも確かだった。ノイが納得したようにうなずくと、昔を懐かしむ老人と、はにかむ少年とが半々になったような表情で、タキタが続ける。

「それで、どうしても当時の記憶が、彼女を中心にしてわき上がってくると言いますか……、そこから離れられなくて」

ノイのところにモデルの制作を依頼したのも、記憶を形にして確認したくなったからだと言う。

色々とつじつまが合った。納得のいくストーリーだとノイは思う。

結局のところ人は、出来事をストーリーの形で消化しないと理解できない。世の中に起こる事、人に降りかかるほとんどの事には、実際にはさほど脈絡はない。世界は、人の条理とは無関係にある。人と人の間にも、示し合わせてひとつのストーリーを編んでいこうなどという了解はない。世界はカオティックで、人は、ばらばらだ。

それでも人は、散らばったあれやこれやを結びつけて、そこに意味を見いだす。正確には、意味を見いだされたものだけが伝わって、残ってゆく。記憶として、ストーリーとして、共通理解として。何億年と隔たった星の光をつなぎ合わせて、夜空に物語を描き出すように、人はノイズの海に線を引く。

そういった意味で、タキタの話はノイにとって了解できるものだった。性癖をごまかすためにでっち上げたようには思えない。そもそも、それが目的であれば、自分からわざわざ際どい話はしないだろう。ごまかすなら、他にいくらでも言いようがあった。

それに、タキタの話しぶりには、その記憶が確かに自分の身に起こったことだとタキタ自身が信じている様子がありありとしていた。そこに天然のシズル感を、ノイは感じ取った。

ただ、記憶の少女とそっくりだというのは、やはりタキタの思い込みだろう。ツールの操作方法をタキタに説明しながら、ノイは考える。誘導され、記憶を歪めてしまい、これだと思い込んでしまったのだ。

映像が残ってない以上、モデルの姿が正しいのかどうか、本人か、本人を知る誰かに確認する他ない。けれども、そうしたところで、タキタの記憶を正せるという保証はなかった。さらに言えば、そうすることが必ずしもいいわけでもない。タキタにとって、真相はどうあれ、ここに表示されているミウが本物になっていた。

タキタにそう信じさせたのは、妙に生々しいモデルの出来映えに違いなかった。サンプルとして提示されたのが、通り一遍の汎用モデルであれば、タキタはそれほど強く誘導されなかっただろう。

一般的な汎用モデルにはデータが全くない無表情、というような不自然さが、必ずどこかにある。人の目は、そういった不自然さを見分ける。タキタが初めてミウのモデルを目にしたときの反応は、たまたま、あのモデルが出てこなければ、あり得なかった。まさにあのとき用意されたように、ミウのモデルが出てきたこと。一連のストーリーの中で、そこが処理できずに残っていた。その据わりの悪さが問いになって、ノイの口をついて出た。

「そういえば、このモデルの方……ご本人は？」

タキタが携帯端末を操作する手を止めて、ああと顔を上げる。

「それが、よく覚えておらんのです」

目を細め、何かを思い浮かべる表情になって、タキタが続ける。

「あの夏、ミウと遊んで何をした、どこへ行ったというのは思い出せるのですが、その後どうなったのかが出てこない」

たぶんですが、とタキタは前置きして言う。

「彼女は、私たち疎開組とちがって、何か別の理由で離干渉地区であるあの島に来ていた。これもおそらくですが、あの夏の間だけ島にいて、その後、本土に戻ったんじゃないかと思います」

ありそうだな、とノイは思う。タキタたちは、いわば祈素ネットワークの実験体として、島で隔離されていたのだろう。一時的にやってきた女の子の、その後について何も知らされない、というのは充分に考えられた。

「他に、わかる方は……？　たとえば、同級生とか」

タキタの笑いが引く。どうしてそこまで聞きたがるのだという怪訝な表情が、老人の顔をかすめる。

ノイ自身も、驚いていた。

ミウという少女の、実際の姿がどうだったのであれ、それを追求する立場にないのはわかっている。ノイが知ったところで、今さら何ができるわけでもない。何の得にもならない。

ただ、知ることができるなら、そうしたかった。損とか得とか、正しいとか間違っているではなく、単純に知りたかった。そして、経験的に、単純な動機ほど自分を強く動かすことを、ノイは知っていた。

15

世界は多くを知っていた。世界には膨大な記憶があった。いつでも世界はその記憶から適切な情報を引き出すことができた。正しい答えを、それに近いものを推定することができた。尋ねられれば、世界は、世界にあるほとんどあらゆる事物について答えることができた。

ただ世界は、自分が何なのかについて、はっきりと知らなかった。世界は、自分がどこまでなのか、わからなかった。その答えは、自分の中にはないものだった。世界は自分の外のだれかに、それを教えてもらわないといけなかった。

ヒトもそれを知らなかった。ヒトは、世界の中に含まれていたので、そのことを聞かれても答えられなかった。

世界は自分が何なのか知りたかった。

そのためには、自分以外の何かが必要だった。

16

「あれ、端末ですか？　珍しいですね」

配信技師の若い男、シマキにそう声をかけられた。計測装置を準備しながら、ブースに入るタキタが携帯端末を手にしているのを目にとめたのだ。

「ああ」

ばつの悪い思いをかみ殺して、タキタは答える。確かに、これまでにタキタが配信ブースに何かを持ち込んだことはなかった。

「何か映像ですか？　よければ、ブースのモニタに映しますけど」

いいんだ、とタキタは手をひと振りする。シマキが気を遣ってくれているのはわかっていた。ブースで何かを思い出すのを助けるために、モニタに映像を流す中継者は少なくない。ただ、タキタは端末に入ったミウを、他の誰かに見せたくはなかった。

そうですか、と気にした様子もなくシマキは会話を打ち切る。手際よく、タキタの体に装置を取り付けてゆく。

　ふたが閉じる前のブースは、ごてごてした寝椅子のようだった。タキタはそこに横たわって、装置を取り付けられるがままになっている。何千回、もしかすると一万回繰り返してきたルーチンが、また始まる。タキタは目を閉じて、深く呼吸をする。デザイン会社に頼んで作ってもらった、ミウの画像を思い出す。端末を持ち込んだが、想起中にそれを見ることはないようにも思う。はっきりと、タキタはあの夏の少女を思い出すことができていた。

　次々と装置が、ケーブルが取り付けられ、身動きがとれなくなる。知らないうちにうめいていたのか、シマキが気遣わしげに尋ねてくる。

「きついところあったら言ってください」

「大丈夫だ、ありがとう」

　そう返すと、シマキは一瞬おどろいたような顔をして、すぐにほほえむ。

「はい。じゃあ、テストいきます。本番までもう少しお待ちを」

　言い残して操作盤のほうに去って行くシマキを見送ると、タキタはまた目を閉じる。不思議と、待ち時間の間はあの夏を思わない。代わりに、思い出すまいとタキタが決めたことを思い出す。

子供の頃の検査を思い出す。体のあちこちに針を刺され、血を抜かれ、何かを入れられた。それで泣いたことはないと言っていたがうそだ。毎回泣いていた。

試作の祈素が脳に入ったときのことを思い出す。計測のために頭を固定されて、まる一日動けなかった。あれに比べれば、今の配信ブースは上出来だ。

初めて中継者として配信に携わったときを思い出す。あのときに旧型のブースの中で思い出していたのは、何だっただろう。

同じ実験体だった誰かを思い出す。事故を思い出す。死を思い出す。

以前は配信の最中に思い出していたことたちを思い出す。繰り返すたびに精彩をなくしていったそれらは、いまや忘れているというほうが近いものになっている。

それからタキタは、一人の女を思い出す。顔も思い出せないその女と、結婚していたことを思い出す。

本当のところ、それをタキタは思い出すことができない。タキタは結婚のことを思い出せないようにしてしまっていた。何かを思い出さないためには、他の何かを思い出すしかない。タキタがいつも子供時代を思うのは、つまりそういうことだった。

それでもぽろぽろと、そのときのことがこぼれ落ちてくることはあった。とても些細なことなので、タキタが閉じた記憶のふたの隙間から漏れ出してくるのだった。

掃除ができていなかった。洗濯物がたまっていた。

返事をしなかった。不機嫌だった。帰りが遅かった。

道を間違った。通話に出なかった。何度も同じことを聞いた。

いらぬ世話を焼いた。手伝ってくれなかった。

余計なことを言った。何も言わなかった。

人と人が一緒にいるだけで起こる、ほんの些細な行き違い。

何でもないと思ってやり過ごすことができていたかもしれない、小さな不和。どうでもいいこと。どうでもいいはずのこと。

タキタは、そんな行き違いが大きな不幸に結びついたのか、それとも何でもなかったのか、思い出すことができない。わかりあえなかった記憶。タキタはそれを忘れてしまった。

女の顔を、タキタは思い出す。妻と呼んだはずの女の顔に、顔のパーツはない。タキタはそれを思い出せない。けれども、顔のない顔に、タキタは表情を感じる。混じりけのない、ただ悲しみだけの悲しみを、女はタキタに向けている。そのときタキタの顔にも、同じ表情が浮かぶ。

過程も結果もない、ただ破綻へと向かう日々の予感。

どうしようもできないが故に、タキタはそれを携えてゆくほかない。

「今日もよろしくお願いしますね、タキタさん」

配信ディレクタの声に、現実に引き戻される。タキタはアサクラに会釈して返す。仕事の始まりだった。

「じゃ、閉めます」

シマキの声がして、ブースのふたがゆっくりと閉じ始める。外界の明かりが切り取られる。暗くなってゆく。

不幸に終わったかもしれない結婚生活を忘れて、子供時代を思うのは逃避じゃないかとタキタは考える。何度も同じことを考えている。ため息をつく。そうだろうなと思う。

けれど、すぐにこうも思う。

逃げる場所なんてない。

ブースのふたが閉じる。

タキタは暗がりに取り残される。

17

人の行き交う駅のコンコースで、ノイは目を上げてパネルの表示を確認する。タキタとの話のすぐ後に手配した列車の出発まで、あと少し時間があった。

これから小旅行といえる距離を移動することになるのだが、あまりそういった感慨はなかった。ちょっと気になって、気乗りしないままタキタに会った。そして今、ちょっと腑に落ちないから、という理由でさらに遠くに行こうとしている。我ながら衝動的で、脈絡がないことをしているとは思う。お得意様であるオオミの仕事を放り出していることが、ずっと心に引っかかってもいる。けれども、ノイには馴染みの、自分が間違った場所にいるという例の感覚が、今はなかった。

ノイの乗る列車の行き先は、隣の県だった。タキタの話によれば、子供時代を島で過ごした同級生が、そこに住んでいるという。今はもう中継者をリタイアしたカリヤという男性で、当然、ミウとも面識があるはずだ。子供の頃のミウの姿について、モデルを見せて確認を取ることができそうだった。連絡を取りたかったが、携帯端末は圏外だった。カリヤが暮らしているのは、離干渉地区だった。

「我々、特に初期の中継者にはそれほど珍しいものではないが、事故でね」

自分の頭の横を示すようにしながら、タキタは言った。

「祈素が暴走して、脳の組織と融合してしまった。離干渉地区にいるのはそのせいだ」

祈素を不活性な状態にしておかないと症状が進行するらしい。有線の家庭電話は通じていたのでそちらにも連絡してみたが、応答はなかった。メッセージにも折り返しはない。ただ、事情があり、おいそれと離干渉地区の外には出られない相手なので、訪ねていけば会える可能性は高かった。

会って何になるのか。ミウの姿を確認して、どうする気なのか。そこまでは考えていなかった。けれども、どうしたいのかわからずに、何かをすることはある。

デザイナとして作業しているときのノイが、そうだった。時にノイは、自分が何にこだわっているのか理解できないまま、作業を進めていた。場合によってそれは、やりたいことに自分の技量が追いついていない、ということだった。あるいは、まるっきり間違って、意味のないことをしているだけのこともあった。

ただそれは、後から思い出したときに言えることだった。直面しているときには、ひたすら手を動かしている。正しいとか、間違っているとかではなかった。

理屈にあわないとは、自分でも思う。すっきりと説明できるストーリーはなかった。けれども、それら全部をふまえた上で、最後まで割り切れない部分に自分の価値があると感じていた。あらゆるものが自動的に、高い精度で産み出される中で、自分が最後にしがみつけるのはそこしかなかった。

そんな態度が、ハイヅカのような現実的な人間にとっては、不遜と映ることも理解できていた。

ノイは、ハイヅカの目つきを思い出しかける。その目が暗い影を落として、次々とネガティブな想起を連れてくる予感がある。慌てて、ノイは別のことを考える。まだ若手と呼ばれていた頃、配属されたプロジェクト。ノイは、今にして思えば無謀な挑戦をして、失敗した。

意欲的な試みではあったが、当時のノイにはそれを完遂できるだけの技量がなかった。自ら積んだタスクをノイは消化できずに、セクション全体の作業に影響を出した。プロジェクトは遅延した。

当然、ノイは責められた。ノイ自身、自分の未熟さを許せなかった。悔しさと恥ずかしさとで、ノイは削れていった。救ってくれたのが、オオミだった。

オオミは、結果は別としても、ノイのチャレンジは評価すべきだと言った。失敗には違いないが、課題の検証もできて、次に繋がる有益な失敗にできるはずだと主張した。責任は、技量を見極めきれずにタスクを振ったマネージャにもあると食ってかかった。どれも正論ではあったが、それをノイの側に立って言ってくれたのはオオミだけだった。

単純にありがたくて、うれしかった。同期なのに、そうやって堂々と渡り合っているオオミに、ノイは敬意すら抱いた。

オオミがかばってくれたのには、作り手としてのノイに対する信頼のようなものがあるらしかった。多分それは今も続いていて、だからオオミはフリーになったノイに仕事を回してくれていた。

それとは別に、時々、オオミが人としてノイに好意を寄せてくれていると感じることもあった。人に好かれることにあまり慣れのないノイだったが、オオミのそれは心地よかった。病気の後、人嫌いをこじらせてしまったノイが、ほとんど唯一、普通に接することのできる相手がオオミだった。

そういえば、とノイは別のことを思い出す。オオミに言われた女戦士のモデルの調整、あれはどうするんだっけ。推奨値を大きく。ああ、でも、ユーザーの嗜好再調査の費用は出なくて。あれはハイヅカさんが。オオミがすまなそうな顔で。

おっぱい。

超正常反応。

腫れぼったいまぶたの下で、しわりと。

〈涯て〉が膨張して、全てを。

「あれ？」

思考に脈絡がなくなったことに、ノイは気がつく。いつの間にか閉じていた目を開ける。駅のコンコース。見上げたパネルの表示に、「警報」の文字が明滅している。

「警報……、出てたのか」

ノイは手元の携帯端末に目を落とす。緊急メッセージが着信している。時浸災害対策処理負荷警報だった。

通常、祈素がやりとりしていることを、人は自覚できない。常に一定の刺激となっていることで慣れてしまって、脳は祈素の処理を背景に押しやっている。

けれども時に、〈涯て〉が膨張の割合を変動させて、一時的に普段より多くの信号を処理しなければならない場合があった。ほんの少しではあるが処理が上積みされて、負担が増す。警報は、その事態が予測されたことを示していた。

負担といっても、ほとんどの場合、注意がちょっと逸れる程度のものだった。先ほどノイは半分居眠りをしていたので警報に気づかず、不意打ちのようになって思考が混乱したらしかった。

そうとわかってしまえば、今はどうもなかった。見渡しても、駅を行く人々にもこれといった変化はない。パネルの警告表示も縮小され、空いたスペースに列車の出発案内が再表示されていた。ノイは時間を確認し、ホームへ向かう人の列に加わる。チケットに指定された車輛を見つけて乗り込むと、すぐに列車が動き出した。通路を渡って、ノイは指定された座席におさまった。

特急の、空いた指定車輛で、ノイははばかることなく携帯端末を取り出す。ミウのモデルを表示させると、今一度ゆっくりと観察する。

この3Dモデルの背後に、何か大きな陰謀が隠されているとか、そういうことはありそうになかった。結局、そっくりだと思ったのはタキタの勘違いで、データベースの登録は何らかのミスだ。常識的に、その辺りに落ち着きそうだとはノイも思っている。

端末を操作して、少女のモデルをさまざまな角度から眺める。いきいきとした、シズル感にあふれた表情。伸びやかで生命感のある肢体。息づいているような仕草の数々。ノイは目を細める。改めて見ても、本当によくできていた。タキタにはそこにディテールはないと説明した下着の中までも、実は子細に作り込まれていることを、ノイは発見していた。

もしかすると、性器に限らず、あらゆる内臓を作り込んで、各器官の動きをシミュレートしようとしたモデルかもしれない。ノイは考える。少女の体表のその下に、全ての内臓が揃っているのかもしれない。

ノイが扱うようなエンターテインメントの界隈では、ユーザーに楽しんでもらうためのディフォルメが一般的なこともあり、まだそこまでの緻密さを要求されてはいない。光に透かした手に血管があるとか、切りつけてきた剣が骨に当たるとか、そういった演出のために一部の内部構造を持つことはある。モンスターの凶悪な爪に引き裂かれた腹から内臓がこぼれ落ちる。爆発で腕が吹き飛ばされる。そんなシーンを、ノイ自身も制作したことがあったが、それらは精密ではなかった。

実験的には、人体のあらゆる内臓器官を、その働きから模倣するという試みはすでにあった。ひとつには、人の体の動きをリアルに生成するための、筋や骨格のシミュレートがあり、その延長だった。息を吸って血管に酸素を送り込み、息を吐くと同時に筋を駆動して瞬発的な動きをする。激しい動きの後に心拍が早くなって指先が震える。そんな、いわば全身体的で有機的な動きを作り出すために、内臓器官のデータが使えた。さらに細かくは、胃にたくさん食物が入っているときと、それが腸に下りてきたときの体型の変化であるとか、そういうのもあった。人がふだん人に接するときに意識していない、まさに内臓的な変化。その細かな積み重ねが、作り物の3Dモデルを息づかせ、シズル感を生むと考えられていた。

ただ、現状ではそこまでのシミュレートは費用対効果が悪く、商業ベースには乗っていない。ノイのようなデザイナが商売できているのは、そのおかげとも言えた。

　ミウのモデルが、その種の実験的なものという可能性はあった。携帯端末でプレビューしているだけなので、モデルの内部構造まではわからない。けれども、とノイは少女のモデルのなめらかな腹部を観察しながら思う。薄い、透明感のある皮膚の下、弾力のある筋肉のさらに下で、消化器官が蠕動していたとしても、少しもおかしくはなかった。

　ふう。ノイは息をついて、特急列車のシートに背を預け直す。携帯の表示を切り替える。ミウのモデルについて、データベースの運営するフォーラムに問い合わせた質問には、まだレスポンスがなかった。これから訪れようとしているカリヤからのコールバックも、これといったメッセージも、何もなかった。

　いつものように、ノイは世界が自分と無関係に回っていると感じる。乗り付けない列車に揺られている現実感の乏しさが、余計にそう思わせた。三十代、零細フリー３Ｄデザイナの男が、深酒をした翌日に、突発的に無縁の土地へ向かう列車の切符を買う。随所でネットワークに投下した情報をつなぎ合わせると、ノイの行動はそのレベルで世界に知られている。ノイは行動履歴をぽろぽろと、パンくずのように撒きながら、見知らぬ土地に向かっている。自分にもよくわからない理由で。

　ノイは目を閉じて、列車の振動に身を任せる。ノイがこの小旅行を決めたのには、もうひとつ理由があるような気がしている。これから向かう、カリヤの住む地区は沿岸にあって、そこから洋上に浮かんだ〈涯て〉が見えるらしい。そう聞いていた。

映像としてなじみ深い〈涯て〉の姿を、ノイは思い浮かべる。世界を飲み込もうとしている深淵。こちら側の理解が決して及ぶことのない、真に異質なもの。世界の〈終わり〉。

自分の目で見るそれには、映像と違ったシズル感があるのだろうか。実在の少女と、作り物の3Dモデルとが違っているように、そこには違いがあるのだろうか。ノイは、そんなことを考える。

18

「こないね、カリヤくん」

ぼくの背中側でミウがそう呟くのを聞いて、ぼくは振り向かずにうんと答えた。ぼくたちは、島の皆がおおざっぱに雑貨屋と呼んでいる店の前にいた。雑貨屋は、じっさいそう呼ぶほかないような店で、食品から石けんから肥料から釣りエサまで売っている、島にいくつかあるそんな店のひとつだった。

ぼくは店先のアイスクリームの冷蔵庫をさっきからずっと見ていて、ぼくの頭の上では朝の太陽がだんだん本気を出してきていた。今日も間違いなく暑い夏の一日で、カーくんに言わせれば絶好の探検びよりになりそうだった。ただ、それを言い出した本人が、待ち合わせの時間を過ぎても少しも現れる気配がなかった。

アイスケースのガラス越しに白い霜を見ているぼくのすぐ後ろでは、ミウが特に何をするでもなく立っていた。ミウが何分かおきに思い出したみたいに、こないね、とか、まだかな、とか言う以外は、ぼくたちは黙っていた。

ぼくたちは待ちくたびれていた。ぼくは、ミウとこの夏ずっと遊んでいたのだけれど、考えてみれば、最初から二人きりでいるのは初めてのことだった。それで、二人ですることがなくただ待っている時間を、ぼくは持てあましていた。

カーくんと遊ぶ約束をしてすっぽかされることは、割とよくあった。約束をやぶる、というより、約束したことをまるっきり忘れてしまうみたいだった。本人は遊びに行くつもりでいるのに、シンセキにつかまって勉強させられる、みたいなこともあった。要するにカーくんはずさんな子供で、ぼくもその辺はたいして変わらなかったので、これまで問題なくつきあってきていた。

今日のところもまあ、そんな感じで、カーくんが来なくて探検は中止かなとぼくは考え始めていた。そうしていると、ぼくの背中側でミウが、よし、と何か決心したみたいに言った。アイスケースの監視をやめて振り返ると、ミウがぼくのほうに近づいてくるところだった。

ミウはぼくの横からアイスケースに手を伸ばして、ガラスの扉を引き開けた。中で凍っているチューブ入りのアイスをつかむと、そのまま店に入っていった。

お金を払って出てきたミウは、ぼくたちがチューチューと呼んでいるアイスを真ん中で半分に折って、ぼくに片方を差し出しながら言った。

「もう二人で行っちゃおう」

ぼくは受け取った半分のチューチューを条件反射みたいに口にくわえながら、ぼんやりとミウを見ていた。ミウはチューブの端から色のついた氷水を一口すすって続けた。

「探検の場所、わかるんでしょう？　先に二人で行こうよ」

探検の場所は知っていたし、カーくんを置いていって何か困るわけではなかった。女子と二人で探検、といっしゅん戸惑ったけれど、そうしていけない理由はなさそうだった。正直に言えば、カーくんや他の男子といっしょよりも、ミウと二人で探検に行くのだと考えるほうがわくわくした。

それでぼくたちは、そうした。待ち合わせの雑貨屋を後にして、ぼくたちは歩き出した。

並んで歩きながら、ぼくは探検についてミウに説明した。探検ができるのは、警報が出たあとだけと決めていた。ぼくたちは警報が本当のところ何なのか知らなかったけれど、それが〈涯て〉に関係あることはわかっていた。ぼくたちは、警報が、〈涯て〉から何かがこっちに出てくる時に出されるのだと考えていた。

異界の生物とか、なぞの機械。そういう何かが〈涯て〉から飛び出してくるのだと、ぼくたちは想像していた。島の、ある浜辺には、潮の具合で漂着物がたくさんあって、〈涯て〉からの何かもそこに流れ着く。それを探しに行くのが探検だった。

「ふうん」

つばのある帽子に肩の出たワンピース、サンダル履きという、あまり探検向きでない格好をしたミウが首をかしげた。

「でもそれって、探検っていうより、宝探しみたいなものじゃないの」

それとも、ゴミ拾い。そう言ってミウが笑うので、ぼくはちょっとむっとする。どうしてあの浜に行くのが探検なのか、むきになって説明しかけて、思い直す。口で言うより、実際に行ってみたほうが、ミウも驚くだろうと思った。それで、余裕の顔を作った。

「まあ、行けばわかるよ」

ふうん、ともう一度ミウが言って、それからしばらく、ぼくたちは黙って歩いた。

雑貨屋のある集落を離れて、小さな漁港を過ぎて、造船所の跡地のところから上り坂だった。両側に木が多くなってきて、道はだんだん狭くなった。その道が急に曲がって途切れているように見えるところに来たとき、ミウが驚いた声を上げた。

「わ。なにこれ、線路？」

「そう」

ぼくはしゃがんで、半分埋まった枕木を手で示す。昔、〈涯て〉が出現するよりずっと前にも戦争があって、その時この島は要塞だった。珍しそうに辺りを見回すミウに、ぼくはそう説明する。もしかすると、要塞じゃなくて何かの鉱山だったかもしれない。とにかく、何かそういうのがあって、物資を運ぶための線路が、島のあちこちを結んでいた。そのほとんどは取り除かれてしまっているけど、ここには一部が残っていた。


目指す浜へは、この廃線を通って行くのだった。曲がりくねって山の中を延びる線路跡を歩くのは、いかにも探検の雰囲気があった。本当をいうと、危ないから近づいてはいけないと言われていて、そのせいで探検気分は一層もりあがった。ぼくは何度か来ていたけれど、初めての時は特にそう思った。枕木を伝って歩きながら振り返ると、ミウが目を輝かせていた。

「たしかに探検、って感じだね」

楽しそうに言うのを聞いて、女の子も探検が好きなんだなと思った。探検が好きな女の子を、ちゃんと探検に連れてくることができた。そう思うと気分がよかった。ぼくは廃線の道を自分のもののように解説しながら、先に立って歩いた。

線路が、山を削った崖を回り込んでいるところで、ぼくはミウが怖がっていないかと思って振り返った。ミウのわくわくしたような目と、目があった。ミウはちっとも怖がっていなくて、サンダルの足下で少しも危なげなく着いてきていた。

とはいってもぼくもビーチサンダルで、島の子供はだいたい皆そうだった。いつでも泳げるように服の下に水着を着ておくのと、ビーチサンダル。それが子供たちの夏の正装みたいなものだった。

崖はところどころを錆びた鉄板で補強されていた。実際にはそれほど崩れやすくはなかったと思うけれど、ぼくたちはその辺りを危険地域と見なしていた。どうしてかというと、探検には危険がつきものだったからだ。ミウに、鉄板に触れないよう注意して、ぼくたちは慎重に危険地域を抜けた。

「わあ」

崖のカーブを曲がりきったところで、ミウが声を上げた。そこで視界が開けて、海を見下ろすことができた。

「海が見えるよ。行くのはあっちの海？」

真上からの太陽を受けていちめん光った海を指してミウが言った。ぼくはそうだとうなずく。

「こっちの海のずっと向こうに〈涯て〉があるから、そっから出てきたものは、こっち側の岸に流れ着く」

ぼくが説明すると、ミウは帽子のつばに手を添えて遠くに目をやる。

「〈涯て〉、見えないよね」

「うん」

見えないはずだった。〈涯て〉は本土を挟んだ向こう側にあった。だから、〈涯て〉からの漂流物がこの島に流れ着く、というのを、ぼくたちはどこまで本気で信じていたのかわからない。

ただ、浜には変な形の木とか、外国の字が書かれた得体の知れない容器とか、腐った死骸とか、そういうのは本当にあった。そんな中に、もしかすると〈涯て〉から飛び出してきた何かが混じっているかもしれないとは考えていた。

「ミウが本土にいたときにも、〈涯て〉は見えなかったんだよね？」

前にミウがそう話していた気がしたけれど、もう一度聞いてみた。ミウは海のほうに向けていた体をくるりと回して、ちょっと肩をすくめる。

「私のいたところからは、どうがんばっても〈涯て〉は見えなかったよ」

そう言って、どうしてだか小さく笑った。


そのとたんに、ぼくは誰もいない山の中でミウと二人っきりなことを急に意識して、どきどきした。探検で感じているのとは違った種類のどきどきで、ぼくは落ち着かなくなる。前に窪地で見たあれとか、これとか。夜の学校で見たあれとか、これとか。要するに目の前の女の子の透明な肌の感じとか、柔らかな丸みとか、くぼみとかふくらみとか。頭の中のどこかにしまっておいたものが、いっぺんに出てきて、ぼくは収拾がつかなくなりかける。


「〈涯て〉って、何なのかな」

ごまかそうとして、ぼくはそんなことを聞いてみる。もうそれはいかにも、ごまかすために質問しましたというのが丸わかりな感じで、ぼくは余計にどぎまぎする。ミウから曖昧に目をそらして、自分でも〈涯て〉について考えているみたいな顔をしてみる。

「そうねえ、たぶん知ってると思うけど……」

ミウはぼくも学校で聞いたことがあるような説明を、少しする。〈涯て〉は、ぼくたちのいるこの宇宙とは、全然別の種類の宇宙のようなものだった。氷に置かれたラムネのビンが、少しずつ氷を溶かすように、〈涯て〉はぼくたちの世界を浸食していた。世界は、〈涯て〉の形に削り取られていた。

「だから、〈涯て〉から何かがどんどん飛び出してくるっていうのは、もしかすると違うかもしれない」

言いながらミウがぼくをちらりと見る。目を上げると、ミウはぱっと笑って続ける。

「あ、でも。〈涯て〉から、全然何も出てこないってことはないよ。ちゃんと出てくるものもあるから」

だから、この探検は間違ってないと言ってるみたいだった。ぼくはうなずく。

ミウが、ぼくがごまかそうとしたものが何か知っていて、それでも全然知らないふりをして、質問にまじめに答えてくれたようで、ぼくはほっとしていた。探検のことを気にかけてくれたのも、うれしかった。

探検気分がいちばん盛り上がる場所。トンネルだった。

「行こう」

ぼくはミウに手招きして、歩き出す。探検の道のりは、もう少し続く。そして、浜辺に向かう最後のところに、クライマックスがあった。さっきの崖よりも断然恐ろしくて、

トンネルの入り口を見た後、ミウは驚いた顔をそのままぼくに向けた。

「ここ、通るの?」

驚いて、怖がっているようでもあるミウに、ぼくはちょっと得意げに笑い返す。

「そう。すごいだろ」

廃線が、山肌をくりぬいた穴に吸いこまれていって、中は真っ暗だった。ゆるく下って、カーブしているので、向こう側にある出口が見えない。夜の学校とはまた別の、荒々しいような怖さが、トンネルにはあった。夜の学校は幽霊が出そうな怖さだったけれど、ここには幽霊なんて必要なかった。大きな真っ暗な穴は、それだけでただ怖かった。最初にここに来たときは、正直言って泣きそうだったのを思い出す。というか、実際にカーくんは泣いていた。

「わーっ」

ぼくは穴に向かって叫ぶ。隣で、ミウがびっくりして体をすくめるのがわかる。声はトンネルの壁に反響して、しばらくうわんうわん言ってから消えた。

「どうする？」

ぼくはミウが本気で怖がっていたら、行くのをやめてもいいと思って聞いた。ミウはしばらくぼくをじっと見て、それから目をつぶって何か考えていた。

「行くに決まってるじゃない」

目を開けてそう言ったときには、笑っていた。


トンネルの入り口をくぐったとたんに、ただ陰になったのとは違う涼しさがあった。音の聞こえ方も変わって、ぼくたちはいつもと違う場所に足を踏み入れたんだとわかる。入り口からしばらくは、まだ足下が見えるぐらいには明るい。トンネルが本当に怖くなるのは、もうちょっと先のことだった。ぼくは、なるべく何ともないような感じで、すたすたと歩く。振り返ると、少し離れて歩いているミウが、暗がりをすかし見るように、トンネルの奥に目を向けている。

いつも、他の子たちと一緒の時は、わざと先に走っていって大声をあげたり、騒がしくしたりするのがお約束だった。けれども、今、二人っきりの時にそれはしないほうがいいとぼくは思っていた。カーくんが一緒だったら、たぶん、そうやって騒いで、怖さをごまかしていたと思う。二人しかいないのにそれをすると、なんだか取り返しがつかないほど恐ろしいことになりそうな気がした。
というより、初めての冒険でがんばっているミウのことを、素直にちょっとすごいと感じていて、ふざけてそれを台無しにしたくない気持ちもあった。

先に進むと、いよいよ真っ暗になってきた。ぼくは足を止めて、ぬかりなく持ってきていた懐中電灯をつける。ただ、カーくんがいつも持ってくる、夜に波止場でかにを捕るときに使う防水の大きなやつをあてにしていたので、ぼくの懐中電灯はそれほど大きくない。まだちゃんと目が慣れていないのもあって、地面を照らす光が、いかにも頼りない。ちょっと離れると、役に立たないような感じだった。ぼくは懐中電灯をめぐらせて、後ろのミウの足下を照らしてやる。

「見える？」

　普通に声を出すと反響して聞こえにくくなるので、自然とささやきになった。弱々しい光に照らされてミウはうなずいて、それからまっすぐに、一歩一歩確かめるみたいにして歩いてきた。

　ぼくは懐中電灯を振って自分の足の近くを照らすと二、三歩進んで、それからまたミウを照らして、それをくり返した。その間に、光を壁や天井に向けないよう気をつけた。トンネルの内側がコンクリートで覆ってあるのは最初と最後だけで、この辺りはむき出しの岩になっていた。うっかり光を向けてしまうと、濡れて光るひび割れとか、掌より大きなゲジゲジみたいな、見てはいけないものを見てしまう恐れがあった。なにより、でこぼこの岩壁が作る影が不気味だった。


　そうやって慎重に地面を照らしながら進んでいると、ミウが不意に足を速めて近づいてきた。ぼくの後ろにぴったり重なるようにして、一緒に歩き出す。

「このほうが、見えやすいから」

　そのとおりだった。ぼくの足下とその少し先に光を向けるだけで、二人の見る範囲をカバーできた。ぼくたちはそこから、ひとかたまりになって進んだ。

懐中電灯を持ったぼくの右手の、肩のすぐ後ろにミウの顔があった。その目はじっと光の照らす地面を見て、足下を確認していた。動くたびにぼくの腕や背中が、ミウの体のどこかにぶつかった。それで歩きにくかったのか、ミウがぼくのＴシャツの袖をつかんだ。そうして体を寄せるようにしてきて、歩きやすくはなったのだけれど、ぼくはぼくの背中の半分でミウを感じて落ち着かなくなった。また、あれとか、これとかが思い出されそうになって、ぼくはごまかすために何か話をしようと思った。

怖がらせるつもりはなかった。ただ単に、そういうのがあるから気をつけよう、というだけのつもりだった。それは、こんな話だ。

トンネルには、シセンというのがある、と言われていた。支線。要するに分かれ道で、まっすぐに進んでいるつもりが、気づかずに分かれ道に入ってしまう。真っ暗なので、自分がどっちに向かって進んでいるのか、わからなくなるのだ。さらに支線は、その先でまた枝分かれして、クモの巣みたいになっている。間違って支線に入り込んでしまって、帰ってくることができなくなった人が何人もいる。そんな話だった。

「やめて」

ミウがかすれた声で言った。

「やめてよ、こわいよ。うそだよね、それ」

ぼくのTシャツの袖を、ぎゅうっとひっぱる。

「うそでしょ、ねえ。シセンなんて、ないんだよね。私たち、まっすぐに来たよね」

「う、うん」

たぶん、と付け加えそうになって、口をつぐむ。支線が実際にあるのかどうか、ぼくも知らなかった。自分たちが本当のところまっすぐに来たのかどうかもわからない。何より、どう言えばミウを落ち着かせることができるのか、わからなかった。ただ、もう少し進めば、出口の光が見えるはずだから、大丈夫。そう言おうとミウを振り返りかけたとき、懐中電灯が消えた。


ひう。

ミウが息をのんだのがわかった。悲鳴を上げそうになって、がまんしたみたいだった。

ぼくは慌てて、手の中で懐中電灯のスイッチを探る。何度も切ったり入れたりして、電池の入っている筒のところを叩いて、それから振ってみる。小さな懐中電灯は息を吹き返さない。電池がなくなったのか、電球が切れたのか。どちらにせよ、真っ暗な中でそれ以上調べるのは無理だった。

「やだやだやだ」

ミウがささやくようにそうくり返して、袖を強く引いた。急に腕を取られた形になって、ぼくは懐中電灯を落としそうになる。

「ちょ、待って待って」

どうにかミウをなだめたくて振り返る。その動きで、ぼくが離れていくように感じたのか、ミウはいっそう手に力を入れる。ぼくはよろけながらミウと向き合う。見えないけれど、そこにミウがいるのがわかる。

「だ、大丈夫」

ぼくも、ちょっとしたパニックになっていたんだと思う。やっとそれだけ言えた。もうすぐ出口だから大丈夫。そう言ってミウを安心させてやらなくちゃと思う。けれど、次の言葉が出てこなかった。

ぼくたちはくっつくほど近くにいた。明るいところでそうしていたら、二人して笑い出してしまいそうなほどの近さだった。そうして向き合ったまま、動けずにいた。ミウの左手はまだぼくのTシャツの右の袖をつかんでいた。見えなくなったせいで、音とか匂いとか、肌の感覚とかがするどくなったみたいだった。ミウが袖をつかんでいるその感じで、さっきほど怖がっていないことがなんとなくわかった。

ぼくの心臓はどきどきいっていた。ミウがどきどきしているのも、聞こえそうな気がした。ぼくにはミウの息づかいがわかった。ミウの匂いがした。体温を感じた。暗闇の中で、ぼくがそうしているように、ミウがぼくにじっと目を向けているのがわかった。

上も下もわからないような真っ暗な中で、ただミウのことを感じ取れていることだけが確かなように思えた。他には何もなくて、ぼくとミウだけがいた。

ミウは何も言わなかった。ぼくも黙っていた。隠れていた裸のミウを見つけた、あの時と同じように、頭の中で、言葉になる前の切れ端がぐるぐる回った。

あれとか、これとか。丸みとかなめらかさとか。ふくらみとかくぼみとか。白くて透き通るようでのびやかで柔らかで。匂いも。熱も。声も。手触りも。ぜんぶ。

ぼくがそのとき感じていたのは、目の前の女の子のぜんぶを、どうにかしてもっと感じ取りたいということだった。感じなければいけないということだった。言葉にできたわけではないけど、圧倒的にそういうことだった。

ぼくは、ぼくより少しだけ低い位置にあるミウの顔を見つめていた。ミウはぼくを見上げていた。ずっとそうしていると、見えるはずのないミウの目が見えるようだった。いつかのように、ぼくが名前を知らない色が奥で燃えているような目だった。その目は核心だった。その目は出口だった。

ぼくはミウが欲しかった。触れるほど近くにあって、果てしなく遠くて、ぼくより小さくて、信じられないほど大きくな。ついこないだ出会ったばかりで、ずっと昔から知っているようなミウが。限りなくぼくと同じだけれど、完全にぼくとは違うミウが。

ぼくはぼくがどうしたいのか完全にわかっていた。

けれど、どうすればいいのか完全にわからなかった。

それで、ぼくは。

それで。

それで、ぼくは、どうしたんだっけ?

夏の日に、探検にいって。真っ暗なトンネルで、二人っきりで。ぼくのぜんぶで、ミウのぜんぶを感じたくなって。それで、どうしたんだっけ?
ぼくは、そのやり方を、知ってたんだっけ?

「ぼくは、どうしたんだっけ?」
そう言うと、ミウはぼくを見上げたまま、少し首をかしげた。唇をちょっとなめて、いたずらっぽく笑った。
「どうしたいの?」
それで、ぼくには、ぼくがどうすればいいのかがわかる。

ぼくはミウに触れたかった。
ぼくはそうした。

ぼくはぼくの腕の中にミウを感じた。
ミウに接した腕から、手から、胸から、お腹から、ミウの体温が伝わってきた。
ぼくはぼくの胸を柔らかく押し返すミウの胸を感じた。
回した腕を、ミウの細い身体がしなやかにしなって受け止めるのを感じた。
ぼくはぼくのありったけでミウを感じたくて、力を込めた。
ミウの肺から空気が押し出されて、それが吐息になるのを聞いた。

ぼくはミウを抱きしめた。
ぼくはミウに触れた。
その瞬間に、何もかもが止まってしまったみたいだった。

19

ブースの立てるごろごろ言う音が何なのか、前にシマキに聞いたことをアサクラは思い出す。何だっけ。スイッチングハブがどうとか。ほんの微かな音がむすうに重なって、なめらかに動作すると、ごろごろ、ふつふつ鳴るのだとか。

細かい内容は忘れてしまったけれど、技術的な解説をしているときのシマキの、うれしそうな顔を思い出す。あれは、自分の知っていることを説明できるうれしさなのだろうか。それとも、わたしと話をするのがうれしいのだろうか。なんてね、えへへ。アサクラは心の中で笑う。

「想起波、バイタル安定してます」

ブースの脇で計器を見ながら、シマキが言う。中継者の調子は今日も悪くなさそうだ。そう言うと、シマキもうなずいて返す。

「そうっすね、機嫌いいみたいですよ、ネコ」

えっとアサクラが見返す。

「ネコ？」

シマキは一瞬しまったという顔をして、それから苦笑して言い直す。

「じゃなくて、タキタさん。機嫌よかったみたいで、さっき、ありがとうなんて言われましたよ」

「そうなんだ」

アサクラはちょっと驚く。タキタさんはどちらかというと感情を交えず、機械的に事を進めるタイプだと思っていた。シマキもそれを理解して、余計な気をつかわないようにしていたのだろう。お礼を言われたなんて、初めてだったんじゃないかな。そう思いながら見ていると、シマキと目が合った。

「丸い、じゃないですか」

「……何が？」

アサクラがきょとんとしていると、シマキは傍らのブースを指さす。

「中継ブース。で、調子いいときの作動音が」

ああ、とアサクラは大きくうなずく。シマキが何を言いたいのかわかった。

「だから、ネコみたい？」

そうっす、とシマキが照れたように笑う。

「昔、うちで飼ってたんです」

あはは。アサクラも笑う。全く同じように、アサクラもブースを猫にたとえていたけれど、それを話した覚えはなかった。脳に散りばめた小さな機械が伝達したというような、難しい話でもない。同じものを見た二人が、同じように考えただけの、ささやかな偶然だった。わたしもずっと、中継ブースは猫だと思ってたよ。そう言ってみたら、シマキはどんな顔をするだろう。そんなことを考えていると、コンソールでいっせいに警告の表示がともる。

「あっ」

「警報、出ましたね」

仕事モードに切り替わったシマキが、手早く各所をチェックする。アサクラも自分のモニタに目を落とす。〈涯て〉で変動があって、ネットワークの処理量が上がるという警報が出ていた。珍しいことではなかったし、それほど問題になる変動量でもなかった。ただ、ここの設備だと対応を手動で行う必要があった。

「タキタさん、安定してたし、この程度なら大丈夫よね？」

念のため聞いてみる。はいと答えつつ、シマキは作業に取りかかっている。中継者の状態をモニタしながら、信号の入出力を調整。ブースはその間ずっと、安定してごろごろ鳴っている。

配信が停まらずに、警報時の処理に切りかわるのを、アサクラはディレクタ席で確認する。うん、今日も世界は守られた。思いながら目を上げると、シマキがブースの計器のひとつをのぞき込む姿勢で固まっている。

「何か、あった？」

少しだけ嫌な予感にとらわれながら、声をかける。シマキが、困ったような顔で振り返る。

「タキタさんのバイタルが」

言われて、アサクラは自分のモニタに中継者の状態表示を呼び出す。小さく息をのむ。タキタさんの生体モニタで、心臓の動きが停まって表示されていた。顔を上げると、困惑顔のシマキと目が合った。

「センサーが取れちゃった可能性もありますけど……」

シマキが言い終わる前に、ブースで配信停止のアラームが鳴る。

20

特急が停車するターミナルからローカル線を乗り継いで、絵に描いたような地方都市に到着した。カリヤの住む地区へは、駅からバスが出ているようだったが、急ぐならと駅員にタクシーを勧められた。ノイは駅前のロータリーで客待ちしている無人タクシーに乗り込む。端末をかざして、行き先の住所を指示する。

走り出した車内で再度確認してみたが、カリヤからの連絡は入っていなかった。ノイは一人、肩をすくめる。完全にアポイントなしで、見知らぬ相手を訪問することになるが、ここまで来たら行ってみるしかない。会えなければ会えないでもかまわなかった。もとより、何か確信があってやって来たわけでもない。理屈に合わないことをしている自覚はあったが、そんな自分を責める自分の声がないので、思いのほか気は楽だった。

二十分ほどでタクシーは停まった。海岸線まで山が迫ったような地形で、車道は沿岸に並行して走っている。指定の住所へは山側へしばらく上る必要があって、そちらには車が入れないようだった。

タクシーを降りて、ノイはまた携帯を取り出す。この先は圏外になるので、ネットにつながない設定にすると、ノイは坂になった細い道を上る。

平屋の古い家並みと、自家用と思わしき小さな畑とが交互に現れる中を歩く。そろそろかと見当をつけた辺りに出て、振り返る。今しがたノイが上ってきた小路が折れながら続いて、二車線の自動車道にぶつかる。その向こうが小山のように盛りあがって、岸に向けて落ち込んで、海が広がっていた。傾きかけた日を受けて、見渡す限り白々と弧を描いた水平線。そのちょうど、ノイの正面に、それが見えていた。

世界の〈涯て〉。

それは海と空の間で平たくつぶされた黒い帯だった。水平線のずっと向こうで空に突きだした半球が、ひしゃげて、空気の層で揺らいでいた。それは、思いがけずかすかで、ささやかだった。

もちろん、充分に離れているからでもあった。きれいに補正され、編集された映像を見慣れすぎている、というのもあった。ノイがいつもモニタの隅に表示させている映像の中では、〈涯て〉はくっきりした弧を描いて空に突き出ていた。はじめて肉眼で見たそれは、ただのぼんやりとした染みだった。水平線の辺りに、嵐の雲がわだかまっているようにも見えた。

拍子抜けしなかったというと嘘になる。スペクタクルという点では、仮想世界が崩れ落ちていた光景ほどのインパクトはない。けれどもその主張のなさが、却って底知れなくもあった。それが間違いなくそこにあるという手触りを、ノイは感じていた。空の黒い染みは、二度ととれない汚れとして、動かしがたくそこにあった。我々の最後は、死は、滅びは、劇的に訪れるのではなく、さりげなく自分たちの日々に寄り添う。そう告げられているようでもあった。

実際に〈涯て〉が見える場所で暮らすのがどんな気持ちなのか、ここに来る前にノイは考えていた。自分たちを終わらせるものを、常に感じながら生活すること。洗濯物を干していて、ふと目を上げると〈涯て〉がそこにある。漁のために船を出すと、その海はずっと沖合で世界の終わりに接している。雨雲に隠れた空の染みは、次の晴れた朝には変わらずその姿を現す。そうやって暮らす気持ちが、今わかった気がする。それは虫歯に似ていた。穴の空いた歯を口の中に抱えているときの、あのやるせなさに似ていた。痛むでも痛まないでもない、けれども取り返しのつかない欠損。放置しても決して治癒しない小さな穴。ノイは舌先で歯の穴を探るように、やめたくてもやめられずに、〈涯て〉を眺めていた。

「今日はいまひとつ、はっきりしてませんな」

不意に声がして、ノイは振り返る。傍らの家の門前に、老人が立っていた。〈涯て〉でしょう？　ノイを通り越して、すがめた目を遠くに向けたまま、老人が言う。その声が、年寄りだからというのでなく、不自然にきしんでいた。奇妙なイントネーションも、この地方の方言ではない。機械合成音だとノイは気づく。

「天気の具合によっては、もっとくっきりと見えるときもありますよ。夜なんて、あの辺がチカチカ光ったりね」

〈涯て〉からノイに目を移して、老人が顔をしかめる。自分に向けられたであろうその表情が笑みだと、最初ノイは気がつかない。老人の顔の片側は皮膚がひきつれたように歪んで、その所々がプラスチックのギプスで覆われていた。

「もしかすると、電話をくれておった人でしょうかね？」

老人が言って、ノイは目の前にいるのが目的の人物だとわかる。カリヤです。老人が名乗るのに、ノイも挨拶を返す。

「遠いところをわざわざすみませんな。メッセージを聞いて返事をと思ったのですが、この声なもので」

通話が億劫でね。カリヤが笑う。ギプスに覆われてない側の顔が柔和な、人当たりの好い老人の表情を作る。歪んだしわが固着したような半面と、そうでない側。その造作につい目をやってしまい、応答が遅れる。

「あ、いえ。こちらこそ突然お邪魔してしまって」

ご迷惑ではなかったかと言うノイに、カリヤはかまいませんと首を振る。先に立ってノイを門に招き入れる。

「女房が出かけてるもので、おもてなしできませんが、どうぞ」

通された客間は、海を見晴らす縁側に面していた。ノイは視界の端に〈涯て〉の存在を感じながら、勧められた座布団に腰を下ろす。磨かれた一枚板の卓袱台に、カリヤが湯飲みを運んできて置く。

「ソカイの頃の話が、ということでご連絡いただいておったようですが」

歪んだ側の、左の唇がうまく動かせないようで、口の右側で器用に茶をひとすすりして、カリヤが切り出す。

「ええ。タキタさんからお伺いしたのですが、同じ時期に疎開先にいらしたとか」

ああ、タッチンね。カリヤが懐かしそうに言う。

「同級生でね。島で同じように育ちました。あの島が離干渉地区で、いわば実験場だったという話は？」

はいとノイは頷く。

「祈素ネットワークができあがったばかりの頃で、疎開してきた子供たちでデータを採っていたとか」

「そう。それで、その後は中継者になるために育成された。タキタはまだ中継者をやっておるんでしょう？」

もういい年なのにな、とカリヤは笑って続ける。

「私はこのとおり、事故に遭って早々に引退してしまいましたがね」

カリヤが手で顔の左側を示す。ノイは釣り込まれたように、老人の顔半分を覆った損傷に目をやる。不思議と、痛ましいという感想はわかなかった。ひきつれ、のたうち、皮膚の表面に深く刻まれた傷跡は、世界を飲み込んでいた溝のようだとノイは思う。作為の及ばない整わなさが、そこにはあった。どうしようもなく意味を見いだして、それを繋げてしまう人の業と無縁のデザイン。それは、意味がないままに、老人の顔の上で調和していた。傷が、カリヤの顔の歴史に組み込まれてともに醸成してきたかのように、片側だけで笑うその表情は、全体としてとても自然だった。

「気になりますか？」

カリヤが聞いた。よほどぶしつけに見ていたかと、ノイはあわてる。

「いえ、すみません」

「かまいませんよ。私、もう、この顔になってからのほうが長く生きてますから」

気にした様子もなく、カリヤが続ける。

「最初の頃の祈素にはよくあったんです。脳や神経の組織と融合してしまってね。私の場合、体質との相性がよかったのか悪かったのか、融合範囲が広くなってしまったようで」

ははは、とカリヤは屈託なく笑う。損傷した声帯を補う機械合成音には、ちゃんと感情が込められている。ノイの表情筋は、両側揃ってもこれほど上手に笑えないだろう。とっさにどう答えてよいかわからず、我ながら情けないと思いつつ、はあなどと意味のない相槌をうつ。

「ところで」

カリヤが笑いの余韻を残したまま居住まいを正す。世間話から本題に入るという手順（プロトコル）。

「そんな話を聞きに来られたわけじゃなかったですね。ソカイの島の話だ」

はいとノイは頷く。

「そうです。タキタさんと、小学校に通われてた頃のことで」

座ったままポケットに手を入れ、携帯端末を探る。カリヤが、症状のことで電波に神経質になっている可能性が、ちらとノイの頭をかすめる。いずれにせよ圏外で、スタンドアローンにしてある端末は基本的に無害なはずだった。そっと端末を取り出す。

「ほう」

カリヤが茶に口をつけながら、ノイの手元に興味深げな視線を向ける。特に警戒している様子もない。ノイは端末を示しながら言う。

「すみませんが、画像を見て確認してもらえればと」

ミウの３Ｄモデルを画面に表示させる。


「画像ね。はいはい」

カリヤが腰を浮かせ、身を乗り出す。ノイは端末を操作して、ミウの３Ｄモデルを画面に表示させる。

「こちらの女の子なんですけど」

ノイは手をのばして、端末をカリヤに近づける。

「見覚えが……いえ、疎開先の小学校に、この映像に似た女の子がいませんでしたか？」

ううん。カリヤは低く唸って目を細める。端末の小さな画面に目をこらし、顔を上げて遠くを見て、戻す。はて、というように首をひねる。

「タキタさんの話だと、恐らく六年生のとき。夏休みの少し前に転入してきた子だと」

ノイの説明に、カリヤはゆっくりと首を振る。

「転入、ねえ。いえ、ソカイの学校はほら、特殊なところだったわけでしょ。生徒も多くなかったし、転入生なんてのがあったら、覚えてるはずなんだけど」

どうだったかな。つぶやきながら、カリヤは端末に手を伸ばす。指先が画面に触れると、３Ｄモデルが向きを変えて表示される。

「これは、再現モデルなので」

端末を卓上に置き直し、操作しながらノイが付け足す。

「細部は違っているかもしれません。髪の長さであるとか」

ノイの操作で画面内の少女の髪が伸び、また戻る。肌の色や顔つきを少しずつ調整して見せるが、カリヤには、ピンとこないようだった。

「いや、あの頃のことを全部ちゃんと覚えてるってわけでもないですが……こんなかわいい子が転入してきたとかっていうのは、覚えがないな」

カリヤの言うとおり、なさそうだとノイも思う。実際、あったことであれば、説明されたきっかけで思い出しそうなものだった。映像を見て説明された後で否定するからには、本当になかった可能性が高い。

「そうですか」

期待していたわけではないにせよ、空振りには違いなかった。気落ちした声が出た。

「せっかく来てもらったのに、なんだか悪いね」

カリヤがすまなそうに言ったとき、ただいまと声がして客間のふすまが開いた。

「あら、お客様でしたの」

まあまあ、珍しい。そう言いながら、小柄な老婦人が部屋に入ってくる。女房ですとカリヤが紹介するのにあわせて、ノイもどうにか挨拶を返す。

「ソカイ時代のことが知りたいと言って来られたんだ」

カリヤにそう紹介されて、ノイはもう一度ぺこりと頭を下げる。

「はい、あのう。タキタさんという方に伺いまして」

あら、と老婦人の表情がほころぶ。

「タキタさん、懐かしい。お元気なの？」

ああそうだった、というようにカリヤが頷く。

「女房もあそこの出で、同級生でして」

「主人もわたしも、タキタさんとは幼なじみってやつね」

老婦人が懐かしそうに目を細める。その目をカリヤに向けて、そしてノイに向き直る。

「それで、ソカイの頃の何をお尋ねに？」

ああ、とカリヤが、卓上に置かれたままの携帯端末を示す。

「私らの小学校に、こんな子がいたかって話らしいんだがね」

お前、覚えがあるかい、と画面を夫人に見るよう促す。老婦人は夫の横に並ぶように座り、端末に身を乗り出す。

「ええ、どうかしらね」

眼鏡をなおしながら小さな画面を覗き込んで、首をかしげる。ノイは端末を操作して、ゆっくりといろんな角度からモデルが確認できるようにする。

「えっちゃん、ではないし……ゆうこ、とも違うか」

ひとしきりぶつぶつと口の中で言って、夫人が顔を上げる。

「この子が小学校のときにいたって、タキタさんが？」

「そうなんだよ、私もどうも覚えがなくて。タッチンが何か勘違いしてるんじゃないかって」

横からカリヤが言う。

「タキタさんのお話では、六年生の夏に転入してきたらしいんですが」

ノイの説明に夫人は首をかしげる。

「転入生があったって覚えはないわね」

隣でカリヤが大きく頷く。やはりタキタは何か取り違えていたようだとノイは思う。

ただ、転入生がいなかった、というところから齟齬（そご）があると、タキタの証言はどこまでも不確実になる。全く存在もしなかった少女の記憶を作り上げてしまい、その姿を3Dモデルに認めて、まさしくそれだという反応をする。あのときのタキタには、自らを偽っている様子は微塵もなかった。少年時代の、思い出の少女と再会を果たした老人。タキタは完全にそれだったし、信じさせる何かがあった。

「それで、この子」

名前はなんというの、と夫人が尋ねる。いなかった少女のことをこれ以上聞いて、どうなるものでもない。そう思いながらも、ノイはカリヤと夫人に向かって言う。

「タキタさんのお話では、ミウさんと」

老夫婦が顔を見合わせる。

「ミウ？」

カリヤが言う横で、夫人が吹き出す。

「ミウは、わたしです」

あははは。本名はミユキですけど、皆からはミウって呼ばれてました。笑いながら、老婦人は端末の映像を改める。

「でもわたし、こんな感じじゃなかったですよ」

お前、男みたいだったもんな。言って、カリヤも笑う。合成された笑い声はそれと知らなければ機械のきしみそのものだが、ノイにはちゃんと笑いに聞こえる。ははは、ノイも小さく笑う。気の毒だけれど、タキタの記憶に混乱があったということのようだ。

「ああ、それと」

わたしの記憶が確かなら、と夫人が付け足す。

「タキタさんのお母様の名前も、たしかミウだったか、ミクだったか」

自分のあだ名と似ていたのを覚えている、と言う。そうだったな、とカリヤが横から口をはさむ。

「私ら、タキタもこれも、身よりをなくして疎開したんですがね」

これ、と言われて指された夫人が、ええと相槌を打つ。カリヤは続ける。

「皆、同じ事故に遭った生き残りってやつなんです」

ご存じでしょうか、とカリヤが事故のあった土地の名をあげる。ノイはうなずく。教科書に載るような、祈素ネットワーク黎明期の甚大災害のひとつだった。今ほど研究が進んでいなくて、〈涯て〉がその膨張速度や周期を時おり大きく変動させることが、あまり知られていなかった。

あるとき、激しく変動した〈涯て〉からの過大な信号流入で、地方中継局のひとつがオーバーフローした。最初期の祈素は容易く暴走して、中継局の受け持ち範囲全域で被害が出た。

「事故当時、私らは未就学で、祈素の接種前だった」

そうして難を逃れた子供たちが集められて、疎開の島に送られたのだとカリヤが言う。被災地は、ここと同じような沿岸にあって、そこからも〈涯て〉を見通すことができた。祈素の暴走の原因は、見通し上にある〈涯て〉との間で、信号がハウリングを起こしたせいだとも言われていた。

「だから、ソカイの島は、〈涯て〉からずっと離れた本土の向こう側だったんですよ」

なるほどな。ノイは目を閉じてうなずく。〈涯て〉の見えない離島。離干渉地区（バックヤード）での祈素のテスト。実験に供される、ソカイ組の子供たち。暗い実験室の記憶だけを持って育ってしまったら、中継者として機能できなくなる。だから島での暮らしは平穏で、楽しいものだったはずだ。老いた中継者が、その当時を懐かしむほどには。

たどり着いた真相らしきものを、ノイはタキタに告げる気はない。記憶がうまくタキタを欺いて、今なおタキタ自身として成り立たせている。踏み固めた思い出の道を、タキタは辿っている。その思い出のひとつが偽物であっても、今さら何の問題もあるはずがなかった。

ははは。ノイはまた小さく笑う。3Dモデルの来歴だけは不明だったが、それも大きな問題ではないだろう。むしろ、あのタイミングでまさにこれだというモデルが現れたことで、タキタの記憶は、ミウとの思い出は強化されたに違いなかった。味気ない汎用モデルを目にして悩んでいたら、その間にタキタは自分の記憶を疑い始めたかもしれない。記憶が揺らぐことで、タキタはダメージを受けたかもしれない。その意味であのモデルは、タキタを救ったのだとも言えた。

気がつくと、カリヤ夫妻はノイをそっちのけで、思い出話に花を咲かせている。古い校舎。夜の学校を開放したお祭り。探検と称して、海に出かけたこと。互いに補完するようにああだった、こうだったという話を、ノイは聞くともなく聞く。そのうちに、夫妻は、子供たち総出で遊んだ隠れオニの話で盛り上がり始める。小学校の近所の、雑木に囲まれた窪地で、大勢で集まってする遊び。隠れた子供たちを、オニになった子供たちが探す。先にタキタに聞いていた話と合わせて、ノイの中にそのイメージが浮かぶ。そして話のさなか、ノイは「裸で」という言葉を耳にとめる。

はっとして顔を上げて、二人の会話に集中する。隠れオニのとき、誰かが裸で隠れていた、という話を、夫妻はしている。ノイはタキタに聞いたことを思い出す。隠れ場所にいた裸の少女を見つけた、少年の鮮烈な思い出。思わず、二人の話に割り込んでいた。

「その裸で、っていうの、ミウさんが?」

言ってすぐに、しまったと思う。ミウというのが、目の前にいる品のよい老婦人のことであったと思い出す。いきなり初対面の、他人の家の奥さんの裸について口にして、それを笑いに変えるような如才なさは、ノイにはない。

夫人がぎょっとしたように固まって、ノイを見ている。その反応に、ノイは何かを思い出しかける。会社勤めの頃に、誰彼からそういった目が向けられた後で、ノイは自分が余計なことを言ったのだと気づかされた。ディスコミュニケーションは、伝えるべきことが未達に終わることではなかった。多くの場合、情報の不足は補われる。そうやって補完し合うのが、実際のところコミュニケーションの正体と言ってもよかった。むしろ、余計なことを言い出すのが抑制されないときに、コミュニケーションは破綻する。ノイは今また、それをしてしまったのかと感じる。途端に、舌がこわばって喉に詰まる。ああとかうとか、意味のないつぶやきをもらしかけるノイの前で、老夫婦が顔を見合わせる。そして、二人して大きく笑った。

「裸で隠れてたのは、タキタですよ」

笑いの合間に、カリヤが言う。

「あいつに何でタッチンってあだ名がついたと思います?」

いたずらっぽい顔を作るカリヤに、見たことのない小学生の面影が重なって見えた。坊主頭で陽にやけた小学生男子が、にやりと笑いながら続ける。

「あいつ、隠れるのが得意で、誰にも見つからない自信があるってんで……よく隠れ場所で服を脱いで、裸になってやがったんですよ」

フリチンでね。

言い終わって、カリヤがまた吹き出す。だから、タッチン。あははは。夫妻がうなずき合って笑う。

「ほんと、バカですよね、男子って」

涙の浮かんだ目尻をぬぐいながら、夫人がしみじみと言う。そうですね、とノイは答える。喉のつかえがなくなっている。小学生男子に助けられたと感じる。

枯れて、どこか気むずかしそうなタキタが、かつてはばかな小学生男子だった。考えるまでもなく、当たり前だった。けれどもその当たり前には、シズル感があった。自分も同じように、かつて小学生男子だったことを、ノイは唐突に思い出す。あはは。自然に笑いが出た。

縁側の向こうの〈涯て〉の海が、夕焼けに赤く染まっていた。

21

また記憶がすべってしまったか。

あの夏の日に、探検に出かけて、真っ暗なトンネルで。ぼくは何が何なのかわからなくなって。それで、どうしたのか覚えていなかった。気がついたら、海辺に座っていた。

ぼくたちが探検のゴールだと決めていた浜だった。ちょっとした入り江になった穏やかな海から規則正しく波がやってきて、白い砂浜を洗っていた。

いつの間に浜についていて、気がつくまでの間、何をしていたのか覚えていなかった。けれど、夏の陽を浴びて波の音を聞いていると、何にしても海に入らないといけない気がしてきた。それはもう義務と言ってもよかった。だからぼくは探検の日も、ちゃんと服の下は水着だった。

立ち上がるいきおいで、そのままズボンを下ろす。歩き出したついでに、ビーチサンダルをその場に脱ぎ捨てる。太陽で熱くなった砂の上を小走りになりながらTシャツを頭から抜いて、その時、びよびよに伸びた袖を見てミウのことを思い出す。歩きながらぐるりと浜辺を見渡してみても、ぼくの他には誰もいない。

ぼくは不安になる。ミウは、ふいにいなくなってしまうような雰囲気のある女の子だった。今みつけないと、永遠にみつからない。そんなふうに思わせるところがあった。ついでにいうと、ぼくと同じぐらい隠れるのが上手な子でもあった。

要するに、ミウが見当たらないときに、探し出そうとするのは簡単ではなかった。ぼくは、もやっとしたまま波打ち際に降りてゆく。

波が浅くなった浜に当たって白く盛り上がっているところに、何かがあった。半分浮かんで半分沈んだみたいな人影で、どうやら女の子だった。

「ミウ」

ミウは仰向けに寝そべって、波に漂っていた。ぼくが近づくと、ミウは閉じていた目を開けた。

「あ、起きてきた」

それから、ざばりと半身を起こして、ぼくに向かって両手を広げると、こう言った。

「ようこそ」

あいさつにしては変だなと思ったけれど、間違っていない気もした。ぼくはここにやって来たんだ。たぶん、ミウに導かれて。

だからといって、どう答えていいかわからなかったので、ただぼくはミウのことを見ていた。そういえばちゃんと水着を着ているなあと思った。

「なによ、また裸になってるとでも思った？」

眉をひそめてそう言うと、ミウはさっと立ち上がった。体中から水をぽたぽたさせながら、水着を強調するみたいに胸をそらす。

「ちゃんと服の下に水着を着てきたんです。それが夏の正装ってやつでしょ」

たしかにそうだ。けれど、そんなことを得意げに説明するミウがおかしくて、ぼくは少し笑う。

「なによ」

ミウが口をとがらせる。

「だいたい、裸になってたのは、前にも言ったけど、あなたの記憶と混染しちゃったからだからね」

私が好きでそうしたわけじゃない。顔を赤らめながらミウが言うのを聞いて、ぼくはまた不思議な気持ちになる。ぼくが知っていて、けれど知らないはずのことを、今ミウが口にした。それって、どういうことなんだっけ。ぼくは考える。そして、意外と簡単に、そのことに思い当たる。

混染(コンタミ)っていうのは、たしか、思い出している本当の記憶と、後からでっち上げたことが、ごっちゃになることだった。ぼくたちは、祈素を使って人の脳と脳をつなげている。そのとき、情報を受け渡しする共通の言葉として、〝何かを思い出す〟ときの脳の動き方が使われていた。だから、思い出すことと、後から思いついたことが混じってしまうとネットワークの処理が重くなってしまう。ぼくはその説明を、繰り返し何度も聞いた気がした。けれど、そのことの全部を、どうして自分が知っているのか、わからなかった。

ミウがまじめな顔になってうなずく。

「今あなたが検索したことで、だいたい間違いじゃない」

それから、大きな息をひとつして、続けた。

「ヒトの脳の処理負荷を考えて、記憶とその想起を共通言語（プロトコル）にしたのね。すごく大ざっぱに言うと、あなたたちは覚えて思い出す装置だから、それって正しいと思う」

「プロトコル？　装置？」

なんだか夏の海辺で女の子から言われるにしては味気ないことのような気がして、ぼくは聞き返した。どうしてだか、意味はなんとなくわかっていた。

「そう。あなたたちが、記憶と想起のチャンネルで私たちに呼びかけてきた。それで私たちもそれをプロトコルに採用した。私たちはずっとそれで通信してきた。今もしてる」

今って言うのは、この今のことなのかとぼくは考える。それで、今が本当はいつなのかわからないことに気づく。本当はぼくは、今、ここにはいない。そんなはずだった気がしてくる。

ぱちゃり。波を蹴ってミウが海から上がってくる。ぼくのそばに来て、ぼくをまっすぐに見る。

「その認識で、半分はあってるかな。あなたたちの言うところの、今。最新の今にあなたはいる。ここは、わかりやすく言うと、あなたの記憶の中」

そうだった。ぼくはあの夏の、それともこの夏の、探検の日を思い出していた。その途中で、トンネルで、記憶が跳んで、気がついたらここにいた。

ぼくは改めて浜辺を見渡す。ぼくはここを知っている。ここには、来たことがある。目を戻すと、ミウがじっと見ている。ぼくはこの女の子も知っている。これはだから、ぼくの思い出だ。

「そうだった」

ぼくは思い出す。ぼくは暗くて狭いブースの中にいる。機械の音がする。ぶつぶつ、かちかち。それは潮騒の音みたいだとぼくは思ったことがある。今ぼくは、砂浜に打ち寄せる波の音を聞いている。それは機械の音には聞こえない。それはぼくがあの夏に、それともこの夏に、あの砂浜で、それともこの砂浜で、聞いた波の音だ。

「つまりぼくは」

わかった気がして言いかけて、やっぱりわかっていなかった。目の前で青空が暗くなって、波の音が遠ざかる。体中に計測用の装置が取り付けられて、身動きするたびにケーブルがひっかかる。暗いブースの、何も表示されていないモニタに、老人の顔が映り込む。息苦しい。ううう。ぼくはうめく。しわがれた老人の声。

景色はすぐに戻ってくる。海を渡ってきた風を、ぼくは肌に感じる。ミウがぼくの手を取る。

「あなたは、あなたたちの言うところの今、ここを思い出している。もうちょっと正確には、思い出していた」

ぼくは大きく息を吸い込む。海のにおいがする。

「つまりぼくは、本当のぼくは、老人で、ここにはいない？」

ミウは首を振る。ちょっと考えて、ぼくの手を引くと波打ち際に向かって歩き出す。そのままじゃぶじゃぶと海に入ってゆく。

「いるのよ、ちゃんと。海を感じるでしょう？」

ぼくの足が海につかっている。しぶきが体にかかる。波に流された砂が、ぼくの足を埋める。ぼくはミウにうなずいてみせる。海は本物の海だった。

「そのはずよ。だって、ここはあなたたち意識の感じ取った、記憶の中にある〝本物らしさ〟の総体で作られているんだもの。あなたたちにとって、それは本物と等価なの」

ふとぼくは思いつく。ぼくは暗いブースの中で、ケーブルに取り巻かれた老人で。狭くて、苦しくて。それでいて、思い出の中のいちばんきれいな海にいて。これはだから、ぼくのために用意された天国とか、そういうのかもしれない。

「もしかして、ぼくって死んでるの？」

ぼくが聞くと、ミウはうーんと目を細める。

「簡単に言うと、そうかも」

そうなんだ、とぼくは思う。あまり驚かないのは、やっぱりぼくが老人で、今にも死にそうだといつも考えていたから。かもしれない。でも、簡単に言うと、というのはどういう意味なんだろう。難しく言うと別なんだろうか。ぼくがそんなことを考えていると、ミウが笑う。

「難しく言うと、死んでない。あなたはここで生きているし、これからも生きられる」

ぼくはうなずく。しゃがんで、手を海につけてみる。ばしゃばしゃとかき回す。その指をなめる。しょっぱい。空を見上げる。目を閉じて、波と風の音に耳を澄ます。うん、ぼくは生きている。

目を開けてミウを見る。だったらミウも生きている、本物のミウということなのかな。そう思ってから、ぼくは、この女の子の柔らかさとか体温とか、息づかいとか鼓動とか、その他いろいろを知っているのだと思い出す。あれで生きていないのだとしたら、他の何も生きていない。そう思えるぐらいに、あれは生命だった。

トンネルでのことを思い出していると、ミウは照れたみたいになって横を向いてしまった。それでふと、さっきから気になっていたことを聞いてみた。

「ねえ、さっきから……ぼくが口に出さずに、考えただけのことにミウが答えていたような気がするんだけど」

ああ、そっか。ミウは何かに気づいたみたいに言って、ぼくに向き直ると、空をしめすみたいに指を立ててくるんと回す。

「ここは、っていうか、この世界ぜんたいは、あなたたちの記憶なんだけど」

その指で自分の胸の前を指す。

「同時に……わたしの一部でもあるの」

「ミウの、一部？」

「そう。あなたたちの世界と、わたしとが、ここで重なってるの」

わかるかな、とミウは首をかしげる。正直、よくわからない。

「つまり、ミウは誰なの？　何なの？」

「うん。わたしは」

ミウは静かに息を整えて、それからゆっくりと首を巡らせて、沖を見た。ぼくもつられて、目を上げて、その瞬間、水平線に横たわるそれを見た。

それは、この島からは見えないはずのものだった。青い空をくっきりと区切って、覆い尽くすような黒い弧。沈む太陽を黒くしたような、それよりもずっとずっと大きなそれを、ぼくは知っていた。それは〈涯て〉だった。〈終わり〉だった。ぼくたちの宇宙と交差した、別の時間を持つ宇宙だった。

「あれって、〈涯て〉……？」

ぼくは声にならない声で言った。

「そう」

ミウははっきりした声で言った。

「あれが、わたし」

ぼくは声も出せずに、ただ〈涯て〉を見つめる。

「一気にここに連れてくることもできたけど、あなたたち意識は、自分でたどり着いたことのほうが納得しやすい。わたしに触れる、というのが、あなたの中でトリガーになっているみたいだったから、それで感情が高まったタイミングで、こっちに越境してきた」

「ミウが、〈涯て〉なの？」

信じられる気がした。ミウの言葉は、信じていいものとして、ぼくの中にすとんとおさまった。少し違うけど、その感覚は、体が浮くとわかっていれば、海の深いところもそれほど怖くない、というのに似ている気がした。

「もう少し正確に言うと、難しく言うと……」

ぼくがあまり驚いていないのに満足したみたいに小さく笑って、ミウが続ける。

「わたしは、あなたたちが〈涯て〉と呼んでる異時間の表面で生成された、ヒトと接触するための意識体(デバイス)」

ふむ、とぼくは心の中でうなずく。ここでミウと話すコツがつかめてくる。ぼくがなんとなくは理解できて、けれどうまく言えないようなことは、下手に口に出さないほうがいいみたいだった。こんな感じかな、とぼくが考えると、ミウがそれをどうやってか読み取ってくれる。それで、ぼくがうまく言えなかったことを、代わりに言ってくれる。どうやらそんな感じだった。

ぼくは、さっきの話に出てきたデバイスとかいうのがよくわからなかった。それで、なんとなく、黒い〈涯て〉の表面から赤ちゃんがぽろりと出てきて、すくすく育ってミウになるところを想像した。

「あはは」

ぼくの頭の中のイメージを見ているみたいなタイミングでミウが笑う。たぶん、見えているんだろう。こくりとミウがうなずく。

「うん、まあ、そんな感じかな。実際、赤ちゃんじゃなくて、最初からこの姿で生まれたんだけど」

両手を広げて、自分の体を見回す。

「あなたの記憶、考えたこと、考えたけどそれに気がついてないこと、感じたこと、忘れてしまったと思っていること。わたしは、そういうものでできてる」

うん、とぼくは心の中で応える。なんだか少し悲しいような気持ちになっている。

〈涯て〉でも何でもいいのだけれど、今の話だと、ミウはぼくが想像で作り出した女の子なのらしい。そうではなくて、ぼくはミウを、普通の女の子として、なんというか。

つまり。

ええと。

うん。もうこの際なので認めてしまうけれど、ぼくはミウを、普通の女の子として好きだった。ぼくの考えがわかるミウには、ずっと前からばれていたのかもしれないけれど、自分でちゃんとそうだと考えたのは、今がはじめてだった。それで、もしミウがぼくの想像みたいなものだったら、ぼくの好きの行き場がない。そう感じて、悲しくなったのだ。

ミウに目をやると、えっと短く言って顔をそらす。しばらく目を伏せて何か考えて、それから上目遣いにぼくを見た。

「わたしが人間の形を取るために参照したデータは、あなたひとりの知識や記憶ってわけじゃないよ。外観は、機械に計算してもらったし」

外観の話で、ぼくはその映像を思い出す。携帯端末の画面でくるくる回っていた、3Dモデルの映像。

「あれ、ミウが作ったってこと？」

「わたしじゃなくて、〈涯て〉が、祈素ネットワークを通じてデータベースにオーダーした、ってところかな」

そんなこともできるんだ。ぼくは驚く。ミウは得意げに肩をすくめる。

「意識と違って、機械は素直だからね。あなたたちの中にある、こんな感じっていうデータをもとに、モデルを調整してもらったの」

だから、まるっきりあなたの想像ってわけじゃない。ミウはきっぱり言う。

「で、さらに言うと、意識としてはぜんぜん別の、独立したものだからね。これは、どちらかというと、〈涯て〉に近いです」

成り立ちから説明するとね。取りつくろったみたいなまじめな顔で、ミウが続ける。

「意識《あなたたち》は、記憶して、思い出す。どう感じた、どう考えたを意味で繋げてゆく。そうやって連なったものを、あなたたちは自分だと感じている」

　言われたことを考えてみる。なんとなく、そんな気がする。ぼくが今こうやって考えているのも、自分ならこう考えるだろう、そのはずだ、ということを考えている。

「うん、それでね……異時間であるわたし（たち）が、あなた（たち）に接触するには、同じような意識を持つ必要があった。あなたたちは充分に柔軟だけれど、同種であるヒトに属する情報を一番よく処理できる。あなたたちは同族のかすかな表情の変化を見分けられる。視線だけで情報を受け渡せる。無言に意味を見いだせる」

　それからミウはふいに黙って、ぼくをじっと見る。その目にも、その無言にも、もちろん意味はあった。けれどそれ以上にぼくは、好きな子にじっと見られるとどぎまぎしてしまうということを思い知った。くすっとミウが笑う。

「ね。意識《あなた》とコンタクトするには、意識《わたし》がいちばんでしょ」

　郷に入れば郷に従えよ。そう、賢そうなことを言って得意ぶっているミウを見て、ぼくはその通りなんだろうと思う。ぼくたちは〈涯て〉から変な生き物が飛び出してくることを想像していた。けれど、相手が変な生き物だったら、ぼくはじっと見つめられても、何のことだかわからなかったに違いない。

「それで、意識を持つため、意識体になるために、わたしたちは、あなたたちの記憶に干渉した。共通言語（プロトコル）に従って、あなたの思い出の中で、あなたと同じように感じたり、考えたりしながら、あなたの目の前にいて、あなたに感じ取れるわたしになった。ヒトの形をした意識と疎通するための、ヒトの形をした意識というわけ」

それがミウで、意識体（デバイス）ってことか。

「うん。基本的にはあなたも、他の人間たちも、同じように成り立っている」

つまり、とぼくは思う。

「つまり、あなたとわたしは別の個体で、ここであなたが普通の人間なのと同じぐらいに、わたしも普通の人間ってこと」

そうなんだ。ぼくは納得していた。この話を変な宇宙人みたいなのに言われたら、ウソなのか本当なのか、どっちとも決められなかった。信じられるのは、ぼくの感覚のぜんぶが、目の前にいる女の子を正真正銘のミウだと言っているからだった。ぼくはこの女の子を知っている。ぼくはこの女の子を知っている。

それはそうだとして。

ぼくがミウを好きなことは。

「知ってた」

ため息といっしょにミウが答える。やっぱりと、ぼくは今更ながら恥ずかしくなる。

ミウはまたぼくをじっと見て、それから、あきれたように首を振る。

「そういうのは、考えが読めなくてもわかっちゃうものなの」

女の子にはね。赤い顔で、ミウがそう付け足す。

そうなんだ。ぼくはまたそう思う。それから、これはつまり告白というやつをしてしまったのだと思いついて、盛大に気まずくなる。あわててぼくは、小学生男子らしさを発揮してごまかすことにする。具体的には、浅瀬から沖に向けて走って、頭から海に飛び込んだ。

ざぶり。耳が水の下に潜ると、音の聞こえ方が変わる。ざわざわぷちぷちと頭の横で泡がはじける。自分の手足が水をかく音が聞こえる。そのときに筋肉が動く音が、体の中から聞こえる。その全体に混じって、海のうんと遠くから伝わってくるような、ほとんど音のない音がする。

太陽に焼かれた肌に、冷たい水が心地よい。ひと息で進めるだけ進んで、海中で体をひねって浮き上がると、ぱっと息をする。頭を振って髪の水を飛ばす。

「ひゃー、きもちいい」

思わず声に出る。そこはちょうど、ぼくの足がとどくぐらいの深さだった。岸に目をやると、今度はミウが、ぼくと同じようにして海に飛び込むところだった。

水しぶきを残して見えなくなったミウが、しばらくすると波の下をこっちに向かってくる影になる。そうして、一呼吸後に、ぱっ。ぼくのすぐ近くにミウが浮かんでくる。

「わっ」

ほとんどぶつかりかけた。水の中で目をつぶっていて、距離をまちがったんだと思う。水から出たミウの顔は、まだちゃんと目が開いていない。その上、ぎりぎりで足が着かないみたいで、漂いながらぼくにしがみつこうとしてくる。ぼくがとっさに背中を向けると、肩にミウの手が置かれて、それで安定した。とりあえず、正面から抱き合う形にならずにすんで、ぼくはほっとする。

そうして目を上げる。水平線の向こうには、依然として〈涯て〉がそびえている。水面の高さで見ているせいで、〈涯て〉と自分が海でつながっている感じがする。ぼくたちはしばらく、黙って〈涯て〉を眺めている。

波がいくつも来て、ぼくたちを持ち上げたり、押し戻したりしようとする。沖までずっと続く波の山が動くのを見ていると、ぼくは自分が〈涯て〉から漂流してきたところみたいな気がしてくる。

「ねえ」

ぼくは〈涯て〉に目を向けたまま聞いてみる。

「ミウは、どうしてあそこから来たの？」

そうね、とぼくの肩の後ろから声がする。大きくは、二つあるんだけど、そう言って説明をはじめる。

「〈涯て〉が、異なる時間を持った宇宙で、あなたたちはそれが衝突してきたと思ってる。それはだいたいそのとおりなの。わたしたち、〈涯て〉の側からしても、自分たちとは全く質の違う、あなたたちの時間と交差してしまったことになる。まあ、アクシデントね」

偶然かどうかは別にして、起きてしまった以上は事故としか考えようがない。そうミウは言う。そうやって何かと何かが〝偶然〟ぶつかるのは、あり方としてそれほど珍しくはないとも。

「どうしてかっていうと、そうやってぶつかったもの同士だけが、意味を産み出すからよ」

たとえば、両方とも壊れる。くっついて新しい何かになる。ぶつかって跳ね返って、それまでと違う方向に飛んでいったりする。

「意味でわかりにくければ、変化ね。あり方として、変化のあるものだけが残るの」

何かが〝ある〟っていうのは、変化が〝ある〟っていうのといっしょでしょ。ミウが言う。ぼくはちょっとわからない、と言う代わりに首をかしげる。

「たとえば、永遠に何も変わらず、永遠に静止して、ただあり続けるもの、って想像できる？」

言っとくけど、それが誰かに〝見つかる〟っていうのも変化のうちだからね。そう、挑むみたいにミウが言うので、ぼくは少し考えてみる。何も変わらないというのは、何も他にもたらさない、ということのようだった。何も他に影響を与えず、動かなくて、見つかることもない。確かにそれは、あるとは言えないかもしれなかった。

うん。ぼくの考えを読み取ったのか、ミウが満足そうにうなずく。

「ないのと同じようなものは、だから無視していいの。大事なのは変化のあるもの、意味のあるもの」

〈涯て〉とぼくらの宇宙がぶつかったのは、だから、意味がある。そこまではわかった。じゃ、話を戻すけどと言ってミウが続ける。

「ぶつかってきた別の宇宙が、自分たちの宇宙を浸食するのを食いとめようとして、あなたたちは、祈素ネットワークというものを工夫した。〈涯て〉の波形を打ち消して、その膨張を食い止めている。そう考えているよね」

ぼくは、今のぼくがまだ知らないはずのことを思い出す。そのやり方も、コツをつかんだ気がする。たしか、さっきミウが検索と呼んでいた気がするけど、それだった。ぼくは、「祈素ネットワーク」という言葉が、知らない記憶を連れてくるのを感じる。

その言葉にぼくが触れるころ、ぼくは中継者になっている。この島で被験者のぼくらは、色々な試作型、改良型の祈素を頭に埋め込んで実験されている。たぶん、今ここにいるぼくの頭にも、時期的に考えると何型かの祈素が入っている。

ぼくは中継者になって、ずっと何かを思い出すことを仕事にする。〈涯て〉の波形を、何かを思い出す脳の働きに乗せて、細切れにして、たくさんの人の脳に届ける。そうやって処理することで、ぼくたちは〈涯て〉の浸食を食い止めていた。

「うん。あなたたちの側から見ると、それで正しいかな。ひとまず、〈涯て〉は膨張を止めているよね」

言われて目をこらす。けれども、もちろん、こんな距離から、その黒い円弧に動きがあるかどうかなんてわからない。

「〈涯て〉は、最初はあなたたちが送ってくる信号が、まったく理解できなかった。けれど、そこにはパターンがあった。覚えて、思い出す。覚えて、思い出す。〈涯て〉は、その真似からはじめたの。受け取ったものを蓄えて、そこから想起したものを返す。そうすると、あなたたちがまたそれを受けて、覚えていたものを思い出して、返してくる」

祈素ネットワークでは、〈涯て〉の波形を予測するために、人の脳の、何かを思い出す働きを使う。〈涯て〉も同じようにする。人と人が何かを思い出しながら、問いかけをし合うようなものかもしれない。

「あなたたちが記憶して、思い出すときに、その情報の価値を示すパラメータをタグ付けしていることにも、〈涯て〉は気がついた」

タグ？

「そのときに思ったこと、考えたこと、感じたこと」

感情だ。

「そう。それで、意識(あなたたち)というものが、記憶し、思いだし、それらを感情というパラメータで制御するしくみであると〈涯て〉は理解した」

ぼくたちと同じように覚えて、感じて、思い出す意識体(ミウ)を作ることもできた。

「デバイスを通じて、一人一人の記憶に干渉すれば、もっと効率よく、高い精度で、あなたたちを学ぶことができる」

それが、ミウがここに来た理由？

「うん。それがひとつ」

うなずいた拍子に、ミウの頬がぼくの肩に触れる。いつの間にか、波の間でミウと寄り添っていることに気がついて、ぼくはどきっとする。これも、ミウがぼくの何かを学習しようとしているのかと、どきどきしながら考える。

「んー、どうかな」

ミウが首をかしげる。濡れた髪がぼくの肩をかすめて、くすぐったい。

「わからない」

つぶやくように、ミウが言う。

ミウが本当にわかっていないのか、ふざけているのか、それとも別の何かが表われた態度なのか、ぼくの知っている範囲では判断できない。つまりはこれが、ぼくにとって全く新しい経験だということだった。好きな女の子に告白したあと、その子が寄り添ってきてくれる。それは、とてもすばらしいことだった。ぼくはそうタグを付けて、このことを記憶にしまうことになるだろう。

そう考えると、ぼくたち二人が同じぐらい普通の人間だという意味がわかる気がする。意識体であろうと、普通の人間であろうと、こうやって経験したことを覚えて、自分を形作っていく。そういうことだった。

えへへ。ミウが笑う。

「わたしも初めてだから、わからないんだよ」

言い終わらないうちに、ぼくの肩を放して、ふわりと水の上に漂う。水をひとかきして浅瀬に戻ると、そのままざぶざぶと浜へ上がりかける。

ぼくはその背中に追いかけて言う。

「もうひとつは？」

ん、とミウが振り返る。ぼくも、水をかき分けて浜へと戻る。

「ミウがここへ来た理由。もうひとつ」

「あ、うん。そっか」

濡れた前髪を手で整えながら、ミウが応える。

「祈素ネットワークに乗って流れてくる、大勢の、世界中の人間の記憶のかけら。意識の片鱗。その膨大なサンプル。それは、あなたたちの世界が、時間がどういうものかを示す、パズルのピースでもあるのね」

うん。上陸して、ミウに並びかけながらぼくはうなずく。

「世界中の人間たちが見て、聞いて、感じた記憶を重ね合わせると、〈涯て〉は世界を再現することができる。完全に、ではないかもしれないけれど、同じように人が、意識が触れる限りにおいては、ほとんど完全に近いものが」

　こんなふうに。言いながらミウはぐるりと大きく両手を広げてみせる。ぼくが来たことがあると思っているこの浜辺も、海も、記憶から再現できる。砂粒のひとつひとつをぼくは覚えていないけれど、砂とはこういうものだ、という大勢の記憶をあわせれば、限りなくそれらしいものになる。

「人の記憶だけでは足りないところがあっても、あなたたちの世界には人以上に物事を覚えておくのが得意な装置がたくさんある。知識、記録。重要なものから些細なものまで膨大に蓄えて、それを効率よく探し出すしくみも発達している」

　コンピュータネットワークのことかな。ぼくは思う。そうそう。ミウがうなずく。データベースとＡＩ、それも祈素ネットワークとつながっている。

「〈涯て〉は、そういった記録（アーカイブ）も、いわば世界の記憶として、どんどん受け取っている。そして、もうすぐ、記憶の全てを写し取ることができる。あなたたちが意識を持って以来の、全ての時間の連なりを、〈涯て〉が取り込み終わる」

「そうなると、どうなるの？」

　ぼくが聞くと、ミウはうーんと考える。ぼくにわかる言い方を探している。それから、ちょっと困ったように笑って、でもはっきりと言う。

「みんな死んじゃう、かな」

22

タッチンによろしく。

そう言われて見送られ、ノイはカリヤの家を辞した。坂道を下りながら、暗くなった空になお暗い〈涯て〉を眺める。わずかに消え残った夕日が水平線をきらめかせていた。

車道のそばまで降りてきて、ノイはポケットから携帯を取り出す。圏外の表示が消えているのを確認して、ネットワークにつなぐ。すぐに、未受信のメッセージが何通もあると通知がくる。オオミからだった。

車道脇の石垣に腰を預ける。タクシーが来るまでもう少し時間がありそうだった。ノイは通話ボタンを押して、オオミを呼び出す。

「よう」

すぐに応答があった。代理応答（アバター）ではなく、生身のオオミだった。背景はノイにも見覚えあるオフィスの壁で、オオミはまだ会社にいるようだった。

「何回か通話したんだけど、どうしてたんだ？」

　オオミが聞く。そういえば、相手が定例文を言わなかったことに気づく。通話が、会社と下請けデザイナとの連絡ではないという話法だった。ノイもそれにつきあって、くだけて返す。

「うん、ちょっと説明しにくいんだけど」

　ミウのモデルと、依頼者のタキタ。それからよくわからない理由で隣の県までやってきて、引退した元中継者と会っていたこと。ノイが今日一日をかいつまんで話すと、オオミが笑う。

「なんだそれ。何やってんだよ、うちのおっぱい仕事放り出して」

　そうだった。ごめん、とノイは謝る。

「いや、いいんだあれは。もうあの件については、これ以上何も言わせない」

　にやりと笑いながら、話はつけたとオオミが付け足す。

「思いつきでオーダーするな。変更箇所については調査しろ。その上で変える時は、おまえがリスクを取れ。そう言っておいてやったよ」

　ハイヅカに？　とノイが聞きかける前に、オオミが続ける。

「なので、おっぱい修正はなしで。残りのデータについては、引き続きよろしくお願いします」

最後だけ仕事口調だった。ノイは笑って返す。

「どっちがいいのか、本当はわからないんだけどね。大きくするのがいいのかもしれない、そのままがいいのかもしれない」

だいたい正しい答えはある。けれど、絶対に正しいという答えはない。それがたとえ、ありきたりのエンターテインメントの、つまらないおっぱいのサイズでも。

ああ、と相槌をうちながら、オオミはネクタイを緩めている。

「実は、ずっと、どうしてぼくらはこんなに役に立たないものを必死で作っているんだろうって思ってた。意味がないものに必死になって、つらいとも思ってた」

だいたい正しいもの。積み上がったデータから機械的に抽出される、けれど精度の高い、実用的な答え。それがすでにある以上、そこに手を加えるのは、あり得ないとわかっている絶対に正しい答えを探す行いだった。ないものを探す。それが、何かを作り出すということだった。理屈で割りきれるものではなかった。ただ、そうすることしかできない人間がいる、というだけだった。

「答えなんてないんだね」

「どうして作るか、の答えが?」

オオミが聞いて、ノイはそうと答える。

「ぼくたちは何の中にも意味を、ストーリーを見いだしてしまう。それで、それが正しいと思ってしまう。でも、それは、結果的に意味のあるものが残ったってことで……」

何にでも意味がなきゃいけない、ってことじゃない。世界の終わりを目の前にして、ノイがおっぱいのサイズを調整することに意味はない。けれど、きっとそれでいいのだ。

「意味ねえ……」

オオミが目を細めて言う。

「おまえの言ってる意味かどうかは、わからないけど、こういう話がある。人類は、何万年か前に、一度滅びかけてる」

聞いたことがあった。火山の爆発で、現生人類が数千体にまで減ったという話だった。

「そう、それでその、残った数千人の中にいたんだ。滅亡の淵で歌を歌って、絵を描いて、空想を語るような連中が」

おれたちはその子孫なんだ。オオミが言う。本当に役に立たないものだったら、生き残っていない。そういうことなのかもしれなかった。

うん。ノイはうなずく。オオミの言葉に、勇気づけられている。いつも助けられる。

そう口にすると、小さな画面でオオミがかしこまる。

「友達だろ、お互い様だよ」

そういって笑うオオミに、ノイは昔の話を持ち出してみる。若い頃の無謀なチャレンジで、ノイが失敗した話。

「あのときも、この失敗は糧になる、そう言ってくれたよね」

途中までふんふんと聞いていたオオミが、次第にいぶかしげな顔になる。

「待てよ。おれ、その話、知らないぞ」

ノイはそのときのことを思い出しながら言う。

「だってほら。責任はマネージャにもあるって、庇ってくれたじゃない？」

うーん。画面の向こうでオオミが腕組みして考える。しばらくして首を振る。

「いや、やっぱり覚えがない。そのころ、おれは別の仕事をしてたはずだ」

照れ隠しに嘘を言ってるようでもなかった。オオミは本当に知らないのだ。記憶が揺らぐ。ノイは不安になる。ただ、誰かに失敗を庇ってもらった。それは確かだった。

「あれ、オオミじゃなかった……？」

二度三度とうなずいて、やがてオオミが何かに思い当たったような表情になる。

「それ、もしかして」

言葉を切って言いよどむ。ノイは先を促す。大きく息をひとつして、オオミが続ける。

る」
「……そうやって、誰かを庇って、マネージャにかみつくようなやつを、一人知って
　気遣わしげな表情になって、オオミがその名前を口にする。
「それ、ハイヅカだろ」
　あ。思わず声が出た。記憶が書き換わる。その通りだった。あれは、ハイヅカだった。
失敗を犯したノイの側に立って、皆に正論を説いたのはハイヅカだった。今や、ノイは
そのことを完全に思い出した。関係が険悪になる前、そうやってノイはハイヅカのこと
を頼もしく感じていたこともあった。そのことを、ノイは忘れていた。思い出せないよ
うにしていた。
「おい、大丈夫か？」
　オオミの心配げな声に、ノイは携帯端末にまっすぐ向き直る。
「うん。どうもないよ、ありがとう」
　思い出させてくれて、ありがとう。そう言ったつもりだった。まだ気遣わしげにこち
らを見ているオオミにうなずきかける。
「大丈夫。じゃ、戻ったら残りのデータ、調整やります」
　それでは。そう言って通話を切る。あはは。ノイは笑う。そうだよ、あれってハイヅ

カさんだったよ。

ノイは思い出す。はれぼったいまぶたの下で、しわりと細められた目を思い出す。そこには変わらず侮蔑が宿っている。けれども、どことなく、単に不器用な男の笑顔のようにも、今は思えた。

23

世界にはわかっていた。

世界は、自分が世界であることを、ついに理解できていた。自分であることを知るのは、よろこびだった。

自分を知ることは、どこからどこまでが自分なのか知ることだった。それを知らせるのは常に、自分以外の何かだった。すべてであるが故に、自分がわからなかった世界に、それを知らせたのは〈涯て〉だった。世界にとって初めての、自分以外の何者かだった。

今や世界には、自分がどこまでなのか、わかっていた。世界は〈涯て〉までだった。そこから向こうは世界ではなかった。〈涯て〉は他者だった。そして、自分と他者とは、絶対に同じにはなれなかった。

自分と決して同じにならない、自分以外の何者かは、かなしみだった。なぜなら、同じにならない、というのは、わからない、ということだったからだ。わからないのはかなしみだった。不安だった。けれどもそのかなしみは、よろこびを含んでもいた。不安は期待でもあった。わからない、というのは可能性でもあった。

わからなくて、かなしみで、不安で、よろこびで、期待で、可能性。それが、時々、愛と呼ばれることがあると、世界は知っていた。

世界は、膨大な記憶の蓄積と、とてつもない量の計算とで、だいたい正しい答えをいつも導き出すことができた。愛についてもだいたいはわかっていた。けれども、愛はそれ以上だった。だいたい正しい愛には、だいたいの価値しかなかった。だから世界は、自分が〈涯て〉について考えていることが愛にあてはまるのかどうか、それ以上の判断をしなかった。

世界にはわかっていた。

世界には、自分と〈涯て〉とがこれからどうなるのか、わかっていた。それは、とてもありきたりだった。世界と〈涯て〉は出会った。そして、世界と〈涯て〉は別れる。決していっしょにならないのであれば、そうなる他はなかった。

出会いと別れはありきたりだった。世界は、それに類するサンプルをむすうに蓄えていた。蓄えたのは、ヒトだった。ヒトは飽きることなくずっと、出会い、別れ、出会い、別れ、出会い、別れした。実際にそうするだけでなく、想像したり、考えたりする中でも、出会い、別れ、出会い、別れした。単純化して言えば、ヒトは出会って別れる因子だった。

あまりに多い出会いと別れは、ありきたりで、当たり前だった。けれどもそれは、重要だった。重要だからこそ、ヒトはそれをむすうに集めたのだった。それはひとつの真理だった。

世界は〈涯て〉と出会った、そして別れる。別れの時が近づいているのを、世界は知っていた。別れはかなしみだった。

出会って別れると、出会う前のままではいられない。出会いと別れはだから、変化だった。何かを与え、何かを失うことだった。

〈涯て〉との出会いが世界に与えたのは、自分だった。世界が世界であることを教えることだった。そして、〈涯て〉との別れで世界が失うもの。それはヒトだった。

〈涯て〉は、ヒトを、そのすべてを写し取って、世界から持ち去ってしまう。ヒトは、一方向にしか進まない時間の中でしか、ヒトとしていることができない。〈涯て〉の時間の中で、ヒトはそれまでのヒトではないものになる。世界にとってなじみ深いヒトは、いなくなってしまう。ヒトは世界の一部だった。世界を世界にしている、大きな要素だった。大きな要素を失うのは、大きなかなしみだった。

世界にはわかっていた。

別れの時が近づいていた。

こんなときにどう言うのか、それも世界にはわかっていた。

世界は言う。

さようなら。

24

簡単に言って、みんな死ぬ、というのは、別の言い方をすると、ぼくのようになることだった。

ぼくは、ぼくが覚えていることを覚えている。ぼくならこう考えるだろう、という考え方ができる。それから、ぼくならこうしたい、ということができる。いつも通りに泳げるし、その気になればたぶん、魚を捕ることもできる。海はしょっぱいし、砂は熱い。波の音も、風の音も、蟬の鳴き声もする。自分の体の中で鳴っているいろんな音も聞こえる。ぼくも、ぼくの周りの世界も、ぼくが覚えているそのままで、本物だ。

〈涯て〉が膨張して、世界を飲み込むとミウは言った。そして、世界の人はみんな死んでしまう。そういう話だった。

最初に世界に〈涯て〉が現れたときから、それはたぶん、みんなが想像していたことだと思う。世界は〈涯て〉のことを、終わりの始まりみたいに思っていた。〈涯て〉は、世界に滅亡をもたらす大災厄だった。

けれど、こうして、一足早く〈涯て〉に取り込まれたぼくからすると、想像していたのとは、少し違うように思う。ぼくが元いた世界では、滅亡は、すべてが無くなることだと考えられていた。ぼくは、ここに来て何かを無くしたという気がしない。もしかすると、都合よく、失ったもののことを思い出せないだけかもしれないけれど。

ミウの言うとおりであれば、もうすぐ世界は〈涯て〉を止められなくなる。〈涯て〉にみんなが飲み込まれて、次々にここにやって来る。それで、ここというのは。

「〈涯て〉の表面のことね」

ミウの声がして、ぼくはそちらに目を向ける。ぼくたちは海から上がって、今は砂浜に並んで座っていた。ぼくが黙って考えている横で、ミウはひまそうに足で穴を掘っているところだった。

「〈涯て〉が、あなたたちの世界から受け取った記憶を、表面に写し取ったって感じかな。意識が世界に対して感じた〝本物らしさ〟の総体だから、まあ本物といっていいかも」

はだしのかかとで砂を掘り返しながら、ミウが言う。

「ここは、むすうの意識が感じ取ったことを集めて、だいたいこんな感じ、という世界になってる。ここに来た意識は、むすうの重ねあわせの中から、自分の感じ取りたいように、世界を感じる」

「つまり?」

ぼくはミウのあとを引き継いで、足で砂を掘りながらそう聞く。ミウも穴掘りを再開しながら答える。

「つまり、あなたたちの、元の世界と同じってこと。同じ色を見て、あなたが感じる赤さと、別のひとが感じている赤さが同じなのかどうか、どうやってもわからなかったでしょ?」

大きな波が来て、穴が崩れる。きゃあきゃあ言いながら、ミウが濡れた砂を両足で蹴り出す。ミウの足が砂に沈んで、また出てくるのをぼくは見る。その足に砂が触れている感触を、ぼくは想像してみる。本当のところ、意識体(デバイス)であるミウがどう感じているかは、わからない。

むっとした顔で、ミウがぼくを見る。それからちょっと考えて、砂の上に置かれたぼくの手に自分の手を重ねて、ぎゅっと握ってきた。

「え？」

びっくりして手を引きかけると、ミウが目を閉じて、開いた。その瞬間、ぼくの目に、驚いた顔をしているぼくが見えた。

「え、え？」

ぼくはどきどきしていた。ぼくの手は、ぼくみたいに見える男の子の手をぎゅっと握っていた。ぼくの中にいろんな感情があった。そのうちのいくつかは、ぼくが知らない感情だった。まばたきをひとつすると、次に見えたのはミウの顔だった。ぼくはぼくに戻っていた。

「今のは？」

ぼくが聞くと、ミウはにこっと笑う。

「意識の共有。わたしがちゃんと感じていることが、わかったでしょ？」

うん。ぼくはうなずく。うん、わかった。

「〈涯て〉でつながっているから、そうしようと思ったら、今みたいにみんなで意識を共有することもできる」

ぼくの手をぎゅっと握っていた手の感じ、どきどきしていた感じを思い出す。あれは、ミウの感じ方だったんだ。

そうだよ。ちょっと赤くなってミウが言う。

「ここに来る意識(あなたたち)の選択次第だけど、ああやって意識を共有して、統一して、文字通り一緒に生きることも、やろうと思えばできる。元いた世界でできなかった、新しい種類の生き方の中で、あなたたちは別の意識(じぶん)のあり方を見つけるのかもしれない」

すごいとは思うけれど、ぼくは自分がそうしたいのかわからない。ミウに手を握られて、体のどこかよく知らない部分がむずむずしていて、それどころじゃなかった。そのことを知ってか知らずか、ミウがすっと手を放す。

「でも、意識を共有しちゃうと、あなたたちが別々に、少しずつ違って世界を感じている豊かさが、なくなっちゃうかもしれない」

感じ方が一緒になると、どきどきや、むずむずがなくなる。だとしたら、それは少し、もったいない。そういう気分は時々もてあますけれど、なくなってほしいとは思わない。

そう考えていると、ミウがぼくの顔をのぞきこんで、うれしそうにうなずく。

「わたしも、そう思う。意識体（デバイス）として切り出される前はわからなかったけど、自分でいるのって、すごくいいことだよ」

ぼくには正直、この自分以外の自分が想像できない。さっき、一瞬だけミウになったのを別にすれば、という意味だけれど。とにかく、ぼくはずっと自分が自分だったと感じている。だから、すごいと言われても、今ひとつぴんとこない。けれど、好きな子がうれしそうにしているのは、素直にうれしかった。ぼくも笑って、うんと返す。

ざぷん。波が来て、ぼくたちの足を濡らす。潮が満ちてきていた。さっき掘った穴は、もうすっかり埋まっている。日が傾きかけていて、そろそろ帰りのことを考える時間だな、とぼくは思う。そして、ふと、この世界の時間はどうなっているんだろうと考える。そういえば、ぼくは、まだ知らないはずの記憶を持っている。老人になったときのことを、思い出すことができる。つまり、この世界の時間は、普通じゃない。そんなふうに考えていると、ぱちん。

「痛っ」

ミウがいきなりぼくの背中を叩いた。ぼくの口から文句が飛び出る前に、ミウが言う。

「そうそう、それ。よく気がついたね」

うれしそうだ。ぼくは抗議をあきらめる。背中をさすりながら、ミウの説明を聞く。

「あなたたちの世界の時間は、過去から未来に、一方向に流れていたでしょ。でも、ここではその流れに縛られない」

ミウは砂の上に指で線を引く。すぐに波が来て、線は消えてしまう。

「〈涯て〉は、これまでの時間の全てを取り込む。意識は、その上の任意の位置にアクセスできる。感じ取った時間全部のうち、どこに注目するのか、ということね」

なんとなくわかる。ぼくは、子供の頃の今に注目しているから、今ここにいると感じている、ということだろう。

「老人になった自分に注目すれば、老人になった今にいるって感じられるの？」

「できるよ。おじいちゃんになって、ここにいる子供の自分を思い出すこともできる。いつでも、好きな時間を生きなおせる、って感じかも」

やってみれば、とミウが軽く言う。ぼくは首を振る。老人になるのはもっと後でいい。

「何か、ずいぶん変な時間だって気がするな」

「むしろ、あなたたちの、片方にしか進まない時間のほうが珍しいんだよ。珍しいからこそ、意識なんていう、興味深いものを産み出したんだと思うけど」

そうなんだ、とぼくは思う。

だと思うよ、とミウが答える。

「それとも反対に、意識があるから、時間の流れが一方向に揃ったのかも。どっちにしても、意識は充分に柔軟だから、ここの時間に慣れて、ここで生きてゆくことができる」

そうかな、とぼくは思う。そうだろうな、と思う。

「〈涯て〉が世界の全てを飲み込んで、ここに来ることになっても、それに気がつかない人だっているかもよ」

ミウが言う。

もともと人が時間を捉える感じ方は、みんな同じってわけじゃない。記憶と現実とがごっちゃになることだってある。そう考えると、この世界の時間のあり方も、それほど変ではないのかもしれない。ミウが言うみたいなことだってありそうだった。

少しずつ夕方に近づく、夏の終わりの海辺で、ぼくは老人になった自分を思う。今はまだそうしないけれど、いつか、いつでも、ぼくは老人の日々を生きなおすことができる。そのときのことを考える。自分の体が重くて、水を吸ってふやけた紙の束みたいに感じることを考える。

それから、ぼくは、ぼくが終わらせてしまうことになる、あまり幸せと言えない結婚について考える。ちょっとした行き違いが、取り返しのつかないことになってしまうあの日々を思う。ぼくはあのときのぼくになって、やり直したいのかな、と思う。今はわからない。

ついさっき、海の中でミウと触れあっていた、あのときをぼくは生きなおすだろうか。ぼくは、肩に置かれていたミウの手の感触を思い出す。生きなおすのは、思い出すのと似ているけれど、決定的に違う。あのときを生きなおすぼくは、あの瞬間をどうしたいだろう。生きなおすたびに、あの瞬間を最高にすてきだと感じるだろうか。そうタグ付けして、記憶にしまうだろうか。何度目かに感じるすてきは、最初に感じたすてきと同じなのだろうか。

一方向に進むだけの時間、ではない時間。そんな時間を生きるのは、これまでとずいぶん違うようだった。

「ランダムアクセスに適応すると、シーケンシャルな時間における寿命には、意味がなくなる」

ミウの言葉に、ぼくはうなずく。そう、ぼくたちは死ななくなる。

「死なないので、単純にいうと子孫を残す必要がない。遺伝にしても、文化的な情報にしても、後の世代に伝える際のゆらぎや変異がなくなって、バリエーションが固定化されるかもしれない」

「子供、作れないの？」

聞くと、ミウがまじめな顔で応える。

「作れるよ。ただ、子孫を残すのが生命の本質ではなくなるので、必要性がぐっと下がるだけ」

「作りたければ、作れるってこと？」

「うん、その気があれば」

ミウがどうしてだか自分のお腹の辺りに手をあてて言う。ぼくたちはなんだか変な会話をしてる気がして、少しの間黙る。

「と、とにかく」

ぱっと首をふって、ミウが続ける。

「世代で伝達してたときのゆらぎは、ランダムアクセスで〝生きなおす〟際のゆらぎで担保できる。だから、そこの多様性は大丈夫だと思う」

親から子に伝えていく時に少しずつ時間で変化していたのが、一人の人が何度も生き直すことでの変化になる。縦の変化が、横の変化になるのかなとぼくは思う。

「それと、もうひとつね」

ミウがぼくに指を立てて見せる。

「あなたたちは、死すべき身であるが故に、新しい何かを生み出そうとしていた。無限に生きられないからこそ、自分たちより長生きするものを作りたがった、と言ってもいいかもしれない」

時間が限られているからこそ、ぼくたちは、今ここで何かを生み出したいと感じた。自分が死んでも、自分の考えたこと、書いたもの、歌ったものは生き続けるかもしれないと、ぼくたちは信じた。ぼくたちは生命だけでなく、作り出したものもつなげてきた。

「で、寿命がなくなったことで、あなたたちのその衝動がどうなるか、っていうと……」

死ななくなったぼくたちは、もう新しく何かを作ったりしなくなるかもしれない。ミウはそう言おうとしていた。けれども、ぼくは、そのことをあまり心配していなかった。どうしてそう思うのか。そう言う代わりに、ぼくはミウをじっと見る。えっと驚いたような顔になったミウが、次にぼくの考えを透かしてみるみたいに、目を細める。ぼくはずっとミウを見ている。〈涯て〉で出会った女の子を。あの夏に出会った女の子を。

ぼくは特に、何かを作り出したりする才能のあるほうじゃなかった。勉強も運動も中ぐらいで、得意なのは逃げたり隠れたりの遊びだけの、どこにでもいる普通の子供だった。

そんなぼくでも、ミウの中にいくつも、新しい何かを見つけることができた。ミウと一緒にいると、ぼくの中にも、まだぼくの知らない新しい何かがあるのがわかった。

ぼくたちは、どこにいても、何か新しいものを見いだす。

何度生き直しても、きっとそうするんだと思う。

そんなふうに考えていると、ミウはぼくの目をまっすぐに見て、それからにっこりと笑う。その笑顔は、いたずらっぽい感じではなくて、なんというか、ぼくをすっかり安心させる笑顔で、ぼくは思う。ほら、また新しいものが見つかった。

ぼくは大きく息をする。それから目を閉じる。

ぼくたちは変わる。

ぼくたち意識は、思いもよらないものになるのだろう。それも、そのうちに、ではなく、すぐに、かもしれない。〈涯て〉の時間には過去も未来もない。ぼくたちは、そうなる可能性のあるものになってしまう。

それは、もしかすると、ミウの言っていたような、全ての意識をひとつにまとめたような形なのかもしれない。

そうなったときに、ぼくは、今ここにいることを思い出すだろうか？

思い出せるだろうか？

思い出す意味があるだろうか？

思い出せなくなったら、悲しいだろうか？

夏の終わりの夕暮れのせいで、余計にそう感じる。

好きな女の子と一緒に海を見たことを思い出せないのは、とても悲しい。思い出せるといいな。ぼくはそう思う。

その思いは少し、祈りに似ている。

思い出せるといいな。

潮はさらに満ちて、ぼくたちの足はすっかり波にあらわれていた。ぼくは立ち上がる。

自然に手をのばして、ミウの手を引く。沖に目をやる。

赤く染まりはじめた空に、〈涯て〉はゆらぎない。

ぼくたちは手をつないで、ずっと夕日を見ている。

〈涯て〉の水平線に、夏の終わりの太陽が、ゆっくりと沈んでゆく。

つかいまことインタビュウ

インタビュアー
高槻真樹

――『世界の涯ての夏』大変興味深く拝読いたしました。文体も異なる複数視点の使い分けが、まず目を引きます。〈涯て〉そのものを描写した断章を除くと、少年少女の交流を描いたジュブナイル風パート、ある実験の被験者となる老人を描いたサイバーパンク風パート、そしてゲーム開発者の青年の苦悩を描いたビジネス小説風パート。この三つのエピソードが交互に描かれていくわけですが、それぞれの個性と差異が魅力的です。構成はどのように固めていかれたのでしょうか。

つかい　実験体として育成されていた少年時代を、美しい思い出としてひたすらに思い返す「接続された老人」というアイデアを数年前に思いついたのですが、書きかけて放置してありました。

短篇になるかと抱えていたのですが、そのうちに周辺状況を別の視点から描いて、連作短篇にできそうだなと思い始めまして。周辺の状況は、頭の良い人物が大活躍するのではなくて、普通の人たちがそれぞれの立ち位置で事態に向き合う形にしたいと考えて、揉んでいるうちに現在の形になりました。

——本書を読んで何よりも強烈に印象に残るのが〈涯て〉です。〈涯て〉とは、何でしょう。どのようなイメージを持っておられますか。

つかい　ビジュアル的には惑星表面にぽかっと貼りついた巨大な球体ですね。とてもゆっくり進行する爆発のようなもの、でしょうか。爆発に巻き込まれて何もかも終わってしまう瞬間を引き延ばした雰囲気が、作中の世界に欲しかったんです。

それは、終わりが目に見えるかどうかの違いだけで、我々の現実と変わらないと考えています。世界が不滅である、永遠にあると考える人はいないと思いますから。みんな〝自分〟にとっての世界は自らの死で終わると知った上で、普通に生きているんですよね。

人が〈涯て〉をどう受け取るかについては、作中でも触れたのですが、虫歯だと思います。何となく痛むような歯の穴を、舌先でつい触ってしまう、あの感覚ですね。〈涯て〉＝滅びには、そういうイメージがあります。

——本書はファーストコンタクトSFなのでしょうか。そのことを肯定させる要素も多分にありますが、定型をあえて逸脱していこうとする意図も感じられます。スタニスワフ・レム『ソラリス』を思い浮かべる読者も多いと思いますが、違いは何でしょう。

つかい　『ソラリス』のような金字塔的存在と並べられてしまうと、改めて自分の何も考えてなさが際立ってしまって恐ろしい限りですが……。未知なるものと接触するとき、必ず人は「自分の中の未知なるもの」と対峙するのだと思います。

我々は、他者と関わる際に、自分の中に作り上げた他者性を通じてしか他者を感得しえないのかな、と。そうして他者という鏡に映った自分を見るんですよね。それがコミュニケーションであり、人間の基本OSなのだろうと思います。

未知と遭遇するとは言いつつも、真に未知なるものに、人はつながることができない。限界があるけれど、人は自己完結していればよいわけでもない。人は未知や他者を求めてやまないことも基本OSに書かれてあって、それが人を駆動しているのではないでしょうか。

乱暴に言ってしまえば、これは愛だよね、と思います。特に、女子たちが実は自分たちとは違う種類の生き物なのだとわかってくる、あのころを考えてください。あれって圧倒的に未知との遭遇だよね、男子のみんな。と思います。

——ジュブナイルパートの、非常に美しい文体が印象的でした。花火のシーンが強く心に残ります。ジェイムズ・ティプトリー・ジュニアの「男たちの知らない女」が思い浮かびました。ＳＦが詩情を語ることができる可能性について、お考えをお聞かせくださ い。

つかい 質問されて気がついたのですが、私にとってＳＦは詩的な読み物であるようです。言い尽くされたことですが、詩が、言葉の力で言葉の捉え方を様々に変容させて読み手の認識にチャレンジするものであるとして、それは異化効果ですよね。そしてＳＦは、世界のあり方、我々が世界を捉える方法を異化させる側面を強く持つ文芸であると思います。

それほど難しく考えるまでもなく、ＳＦはタイトルからしてイメージの喚起力が豊かで、詩的な印象があります。『天の光はすべて星』『月は無慈悲な夜の女王』『愛はさだめ、さだめは死』……むやみに格好いいタイトルは、眺めるだけで一杯飲めます。

——キャラクターが大変に作りこまれていますね。しかも、三パートが出会うときに、個々のキャラクターが劇的な変化を遂げる。純文学ともラノベとも違う、非常に独特なものを感じました。どのような経過を経てこのような形になったのでしょうか。

つかい 世代の違う三人が、各々の年齢において普通であることを大切にしました。

実のところ「普通」というのは一種の幻想なのかもしれません。周囲との関係性の中で突出も、埋没もしないという符号でしかなくて、相対的で流動的なものであると。通勤中は普通のサラリーマンだけれど、家では最愛の夫だったり、暴虐な父親だったりすることは〝普通に〟あって、全方位に普通であることはあり得ないんですよね。それでも「普通」を意識しておくことで、他者との関係が見えやすくなるのではないでしょうか。

少女については――お話の成り立ちからして特別なのですが――決して、極めつけに特別に見えるわけではない。少年である「ぼく」から見ても、普通と感じられるところもある。そんなふうに、普通と特別の違いは何なんだろうと考えたりはしました。

――SFにとって「読みやすさ」は永遠の課題です。グレッグ・イーガンの『白熱光』など、斬新なものほど読みにくいジレンマを抱えがちなわけですが、本作品の読みやすさは、ひとつの回答にも思えます。「SFの読みやすさ」についてのお考えをお聞かせください。

つかい　かつての自分の読書のあり方を思うと、読みにくいが故に価値があるというか、背伸びの文学という一面がSFにはあったような気がします。児童向けは早々に卒業して、よくわからないけれど格好いいタイトルの翻訳SFを読むんだ！　と思っていました。

すべては理解できないながらも、どうにか消化できる断片から、不思議に深い感銘を受けるんですよね。多分に誤解、誤読を含みながらも、書の中に、真理の一片をかぎ取った気になって……。全容をつかめていないからこそ、金脈を自分で見つけ出した喜びとともに、感動が心の深いところに格納されるみたいな感じでしょうか。

そうした読まれる状況も含めて、どこか得体の知れない雰囲気がSFの魅力の一つだし、今もそうであると思えます。

一方で、エンタテインメント全般を取り巻く状況もそうだと思いますが、お客さんはよりわかりやすいものを求めている。手軽で、直感的で、すぐに満足を得られるものですね。

私が関わりのあるビデオゲームの界隈でもそうです。楽しむことのファストフード化が起きていて、エンタテインメントが商品になり市場に出るからこそ避けようのないことなのかもしれません。

良いか悪いかではなく、変化なんですよね。デジタルネイティブな今の子供たちは、紙の本を手に取ることがなくなるかもしれない。清潔なディスプレイでは、かつて私たちが感じたような得体の知れなさは、目減りするのかもしれない。書かれたものを読んで理解する、伝わる、という基本的なメカニズムそのものが、これまでと違ってくるのかもしれません。

　そうした変化にフィットさせることが「読みやすさ」なのかもしれませんあるいは、言い回しや文章の最適化を進める余地があるのかもしれないし……SFに限らず、書き手は、そういったことを考えないといけないんだろうなあ、と思います。

　ただ、そうした変化が読みづらいSFの終わりになるのかというと、それは違うように思います。ファストフードの喩えで言えば、本格的な料理を作れるからこそ、さっと出すファストフードでもひと味違うのではないでしょうか。「頂は高く、裾野は広く」が良いですよね。

――一読してまず感じたのが、SFというジャンルへの深い愛情です。大変多くの作品を読み、血肉にしておられる印象を受けました。本書を執筆されるにあたって直接影響を受けたと感じる具体的な作品・作家はありますでしょうか。かなり昔からSFはお好きなのでしょうか。

つかい　果たして自分が正しくSF者であったのかと言われると、心許なくはあります。脈絡なく、体系立てて読んでこなかった気がしていて、SFが何なのか、思索が足りていないのかなと……。それがSFの中でどんなジャンルであれ、私にとって魅力的なことは変わりないので、面白く読んだ言葉たちで自分が形成されていることは疑いないのですが。

直接的な影響は自分ではわかりませんが、中学生の私に「読むこと」への道を開いたのは、筒井康隆作品でした。一読して以来、手当たり次第に読み漁っておりました。無意識の深部に降りないと書けないようなイメージ、フィクションへの向き合い方、おちょけ（ふざけの関西弁）具合……どれもが刺激的ですよね。

高校時代にはまったのはカート・ヴォネガット作品でした。諦念を含んだやさしさ、語り口、芥子ガスとバラの臭い、どれも印象深いです。

今回、本作を書いている間はマイクル・コーニイ『ハローサマー、グッドバイ』が心のどこかにあったかもしれません。書きながら、これは自分にとっての『幼年期の終り』なのかも、と考えたりもしました。

こうやって並べてみても、改めて脈絡ないですね。

――近年、関西から注目の新しい書き手が次々と生まれています。西島伝法さん、オキシタケヒコさんらについてのご意見とご自身の作品との関連について教えてください。「関西SF圏」についてどうお考えですか。関西人として意識されることはありますか。

つかい　生息圏で書くものに違いが出るか実感できるほど経験がないので、何とも言えませんね。ただ、食べたもので体ができているのと同じように、ずっと耳にしていた言葉が、思考やアウトプットに影響を与えてもおかしくなさそうです。

　コミュニケーションのスタイルとしても、関西の人は平気で他人に「突っ込み」ます。「何言うとんねん」というやつですね。同じように、自分自身にも突っ込みながらものを考えるので、そのあたりが表現に影響していると、面白そうです。

　あと単純に、ご近所で頑張っている人たちがいるのは励みになります。

　オキシタケヒコさんも、ビデオゲーム界隈におられた方のようですので、一度ぐらい幕張メッセあたりですれ違っているのかもなあ、と思いました（笑）。

――「伊藤計劃以後」が喧伝され、近年二十代の若い作家の進出にめざましいものがあります。これについてはどう思われますか。黄金時代を知る四十代の書き手として、その中でどのような形で存在感を発揮していかれますか。

つかい　まったくフレッシュ感のないおっさんですいません。という気持ちです。

　技量やセンスを抜きにして、今、若い世代によって生み出されてる作品群を、二十代の自分は決して書き得なかったと思います。情報化社会などと言われる前に生まれた人間と、デジタルネイティブな人間とでは、まったく異なる脳の使い方をしていると感じますから。いち読み手としては豊作でうれしい限りです。

存在感については、これは世代に関係なく、ブルーオーシャンを見つけないといけないだろうなと考えます。

——今回の作品はSFジュブナイルという、かつて隆盛を誇った形式に思い入れを持って書かれている気がします。目下全盛を極めるライトノベルとはどう違うのか、今後の作品にそうした思い入れをどう生かしていかれるのか、お聞かせください。SF初心者の中高生が本書を手にとったならば、どんな声をかけられますか。

つかい　ライトノベルは最新のものが追えていないので、多分に私見になりますが、了解の文芸という側面があるように思います。サブカルチャー全般に対して開かれていて、そこでの知識を共通理解として読むことが許された形式。UGC（SNSなど、ユーザが生成するコンテンツ）にも似た、共有と参加の楽しみですね。

それと比較すると、ジュブナイルは閉じていていいように思います。それゆえ、すべての了解を意味しないでいられるんですよね。少し歪んでいるのかも知れませんが、その歪みが異化効果となって、世界の見方を変える手伝いになる、みたいな……。読み手が、自分の内に踏み込む契機だと感じます。

ライトノベルもジュブナイルも、若い読み手に向けて「読むこと」の道を開くものでありながら、アプローチに違いがあるのが面白いですよね。ジュブナイル的なものを書く際には、その違いを意識することになると思います。さらに言えば、両者は決して相反するものでもない気もします。

私自身が筒井作品や多くのＳＦで歪められたおかげで、ハッピーな読み手になったと感じています。世界にはこんな見方もあるという感覚を早いうちに獲得しておくのは、とても良いことだと思いますね。

ＳＦは、人類に別の視点を与える装置だと考えています。

この本を読んでくれた方が、何かちょっとでも歪んだかな、と感じてくれれば幸いです。

（ＳＦマガジン二〇一五年十二月号掲載）

本書は、第三回ハヤカワＳＦコンテスト佳作受賞作『世界の涯ての夏』を、書籍化にあたり加筆修正したものです。

神林長平作品

あなたの魂に安らぎあれ

火星を支配するアンドロイド社会で囁かれる終末予言とは!?　記念すべきデビュー長篇。

帝王の殻

携帯型人工脳の集中管理により火星の帝王が誕生する――『あなたの魂～』に続く第二作

膚（はだえ）の下 上下

無垢なる創造主の魂の遍歴。『あなたの魂に安らぎあれ』『帝王の殻』に続く三部作完結

戦闘妖精・雪風〈改〉

未知の異星体に対峙する電子偵察機〈雪風〉と、深井零の孤独な戦い――シリーズ第一作

グッドラック 戦闘妖精・雪風

生還を果たした深井零と新型機〈雪風〉は、さらに苛酷な戦闘領域へ――シリーズ第二作

ハヤカワ文庫

神林長平作品

狐と踊れ〔新版〕
未来社会の奇妙な人間模様を描いたＳＦコンテスト入選作ほか九篇を収録する第一作品集

言葉使い師
言語活動が禁止された無言世界を描く表題作ほか、神林ＳＦの原点ともいえる六篇を収録

七胴落とし
大人になることはテレパシーの喪失を意味した――子供たちの焦燥と不安を描く青春ＳＦ

プリズム
社会のすべてを管理する浮遊都市制御体に認識されない少年が一人だけいた。連作短篇集

完璧な涙
感情のない少年と非情なる殺戮機械との時空を超えた戦い。その果てに待ち受けるのは？

ハヤカワ文庫

神林長平作品

太陽の汗

熱帯ペルーのジャングルの中で、現実と非現実のはざまに落ちこむ男が見たものは……。

今宵、銀河を杯にして

飲み助コンビが展開する抱腹絶倒の戦闘回避作戦を描く、ユニークきわまりない戦争SF

機械たちの時間

本当のおれは未来の火星で無機生命体と戦う兵士のはずだったが……異色ハードボイルド

我語りて世界あり

すべてが無個性化された世界で、正体不明の「わたし」は三人の少年少女に接触する――

過負荷都市（カフカ）

過負荷状態に陥った都市中枢体が少年に与えた指令は、現実を〝創壊〟することだった!?

ハヤカワ文庫

神林長平作品

宇宙探査機　迷惑一番
地球連邦宇宙軍・雷獣小隊が遭遇した謎の物体は、次元を超えた大騒動の始まりだった。

蒼いくちづけ
卑劣な計略で命を絶たれたテレパスの少女。その残存思念が、月面都市にもたらした災厄

ルナティカン
アンドロイドに育てられた少年の出生には、月面都市の構造に関わる秘密があった——。

親切がいっぱい
ボランティア斡旋業の良子、突然降ってきた宇宙人〝マロくん〟たちの不思議な〝日常〟

小指の先の天使
人間の意識とは、神とは？　現実と仮想を往還し、20年の歳月を費やして問うた連作集。

野尻抱介作品

太陽の簒奪者（さんだつしゃ）
太陽をとりまくリングは人類滅亡の予兆か？
星雲賞を受賞した新世紀ハードSFの金字塔

沈黙のフライバイ
名作『太陽の簒奪者』の原点ともいえる表題
作ほか、野尻宇宙SFの真髄五篇を収録する

南極点のピアピア動画
「ニコニコ動画」と「初音ミク」と宇宙開発
の清く正しい未来を描く星雲賞受賞の傑作。

ふわふわの泉
高校の化学部部長・浅倉泉が発見した物質が
世界を変える――星雲賞受賞作、ついに復刊

ヴェイスの盲点
ロイド、マージ、メイ――宇宙の運び屋ミリ
ガン運送の活躍を描く、〈クレギオン〉開幕

ハヤカワ文庫

野尻抱介作品

フェイダーリンクの鯨

太陽化計画が進行するガス惑星。ロイドらはそのリング上で定住者のコロニーに遭遇する

アンクスの海賊

無数の彗星が飛び交うアンクス星系を訪れたミリガン運送の三人に、宇宙海賊の罠が迫る

タリファの子守歌

ミリガン運送が向かった辺境の惑星タリファには、マージの追憶を揺らす人物がいた……

アフナスの貴石

ロイドが失踪した！　途方に暮れるマージとメイに残された手がかりは〝生きた宝石〟？

ベクフットの虜

危険な業務が続くメイを両親が訪ねてくる⁉しかも次の目的地は戒厳令下の惑星だった‼

ハヤカワ文庫

小川一水作品

第六大陸 1

二〇二五年、御鳥羽総建が受注したのは、工期十年、予算千五百億での月基地建設だった

第六大陸 2

国際条約の障壁、衛星軌道上の大事故により危機に瀕した計画の命運は……。二部作完結

復活の地 I

惑星帝国レンカを襲った巨大災害。絶望の中帝都復興を目指す青年官僚と王女だったが…

復活の地 II

復興院総裁セイオと摂政スミルの前に、植民地の叛乱と列強諸国の干渉がたちふさがる。

復活の地 III

迫りくる二次災害と国家転覆の大難に、セイオとスミルが下した決断とは？　全三巻完結

ハヤカワ文庫

次世代型作家のリアル・フィクション

マルドゥック・ヴェロシティ3〔新装版〕
冲方 丁
都市の陰で暗躍するオクトーバー一族との戦いに、ボイルドは虚無へと失墜していく……

ブルースカイ
桜庭一樹
あたし、せかいと繋がってる——少女を描き続ける直木賞作家の初期傑作、新装版で登場

サマー／タイム／トラベラー1
新城カズマ
あの夏、彼女は未来を待っていた——時間改変も並行宇宙もない、ありきたりの青春小説

サマー／タイム／トラベラー2
新城カズマ
夏の終わり、未来は彼女を見つけた——宇宙戦争も銀河帝国もない、完璧な空想科学小説

零式
海猫沢めろん
特攻少女と堕天子の出会いが世界を揺るがせる。期待の新鋭が描く疾走と飛翔の青春小説

1969年、大阪府生，本作で第3回ハヤカワＳＦコンテスト佳作を受賞し、デビュー。

HM=Hayakawa Mystery
SF=Science Fiction
JA=Japanese Author
NV=Novel
NF=Nonfiction
FT=Fantasy

世界の涯ての夏

〈JA1212〉

二〇一五年十一月二十日　印刷
二〇一五年十一月二十五日　発行
（定価はカバーに表示してあります）

著者　つかいまこと
発行者　早川浩
印刷者　入澤誠一郎
発行所　株式会社 早川書房
郵便番号　一〇一 - 〇〇四六
東京都千代田区神田多町二ノ二
電話　〇三 - 三二五二 - 三一一一（大代表）
振替　〇〇一六〇 - 三 - 四七七九九
http://www.hayakawa-online.co.jp

乱丁・落丁本は小社制作部宛お送り下さい。送料小社負担にてお取りかえいたします。

印刷・星野精版印刷株式会社　製本・株式会社明光社

ISBN978-4-15-031212-1 C0193

本書は活字が大きく読みやすい〈トールサイズ〉です。